Elizabeth Power
El precio de la rendición

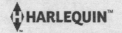

Editado por HARLEQUIN IBÉRICA, S.A.
Núñez de Balboa, 56
28001 Madrid

© 2014 Elizabeth Power
© 2015 Harlequin Ibérica, S.A.
El precio de la rendición, n.º 2361 - 14.1.15
Título original: A Clash with Cannavaro
Publicada originalmente por Mills & Boon®, Ltd., Londres.

I.S.B.N.: 978-84-687-5523-6
Depósito legal: M-28938-2014
Editor responsable: Luis Pugni
Impresión en CPI (Barcelona)
Fecha impresion para Argentina: 13.7.15
Distribuidor exclusivo para España: LOGISTA
Distribuidor para México: CODIPLYRSA
Distribuidores para Argentina: Interior, DGP, S.A. Alvarado 2118.
Cap. Fed./Buenos Aires y Gran Buenos Aires, VACCARO HNOS.

Capítulo 1

LAUREN reconoció de inmediato al hombre que salió del coche, un monstruo plateado de aspecto incongruente en contraste con la rústica granja de Cumbria, con sus colinas verdes tras el mojado tejado de pizarra.

Emiliano Cannavaro, el hombre que atravesaba el patio con el pelo movido por el viento mientras ella cerraba la puerta del establo.

Alto, atlético, de treinta y pocos años, su carísimo traje de chaqueta italiano no podía esconder unos hombros tan anchos que casi podrían eclipsar la luna. Pero era un hombre al que jamás hubiera esperado, o deseado, volver a ver.

–Hola, Lauren.

Era tan extraño verlo allí, en la granja de Lakeland, una propiedad en la que sus difuntos padres habían gastado sus ahorros persiguiendo el sueño de ser autosuficientes, un sueño que nunca había estado a la altura de sus expectativas y un sitio que no tenía nada que ver con las elegantes capitales europeas y los patios de recreo para ricos en los que vivía aquel hombre.

–¡Emiliano! –exclamó.

Como una tonta, deseó llevar puesto algo que no fuera un peto de trabajo o al menos haberse pasado un cepillo por el pelo, pero, después de atender a los caballos de los pocos clientes que la ayudaban a llegar a fin de mes, sus locos rizos pelirrojos debían de ser una llamarada ingobernable.

–¿Qué haces aquí?

Un ligero temblor en su voz debilitaba el tono retador, pero no todos los días tenía que enfrentarse con Emiliano Cannavaro, multimillonario magnate naviero. El hombre que había heredado la próspera empresa que su abuelo había fundado para convertirla en un gigante global con una flota de lujosos cruceros.

Un hombre que había usado su encanto continental y esa voz, rica como el chocolate, para llevarla a su cama... y descartarla después, de la forma más humillante, tras el matrimonio de su hermana, Vikki, con su hermano menor, Angelo, dos años antes.

–Tenemos que hablar –dijo él.

Había olvidado lo alto que era y que sin llevar zapatos de tacón solo le llegaba a la altura del hombro. Lo que no había olvidado era cómo se le encogía el estómago al verlo o sus viriles facciones, con la nariz romana y esos labios tan sensuales, tan italianos.

Lauren se puso una mano sobre los ojos como un escudo contra el sol.

–¿Sobre qué? –le preguntó con tono acusador mientras intentaba controlar el efecto que su repentina aparición ejercía en su tonto corazón.

–Sobre Daniele.

–¿Sobre Danny?

Emiliano se quedó en silencio, mirando sus rebeldes ojos verdes, el rostro ovalado de pequeña barbilla y nariz ligeramente respingona con pecas, que su madre solía decir eran «un puñado de polvos mágicos», antes de mirar insolentemente su boca. Era una boca de labios generosos, normalmente sonriente, pero seria en aquel momento.

Su mirada hacía que le temblasen las rodillas, pero él no parecía en absoluto afectado mientras señalaba la puerta de la vieja granja.

–¿No deberíamos entrar?

¿Dentro de la casa, a solas con él?

El corazón de Lauren aceleró el ritmo de sus latidos.

–No hasta que me hayas dicho de qué quieres hablar.

–Muy bien, te lo diré claramente: quiero verlo.

–¿Por qué cuando no has venido a verlo ni has preguntado por él en todo un año?

Le pareció que Emiliano contenía el aliento. De modo que, aunque intentase disimular, se sentía culpable. Mejor, pensó.

–Si no he llamado por teléfono ni he venido a verlo –respondió él, con esa boca demasiado sensual–, es porque no le dijiste a nadie dónde estaba.

Ella lo miró, incrédula.

–¿Eso es lo que te contó tu hermano o te lo has inventado?

–Me lo contó Angelo.

–Ya, claro. ¿Qué iba a decir él? –Lauren suspiró–. Pensé que no te importaba, ni a ti ni a ninguno de los Cannavaro –añadió amargamente, recordando que Angelo se había desentendido de su hijo seis semanas después de la muerte de Vikki.

Aún caminando con ayuda de una muleta debido a las lesiones sufridas en el accidente que había robado la vida de su hermana menor, Angelo Cannavaro le había dicho con toda claridad, y sin la menor sensibilidad, que podía quedarse con el hijo que Vikki había usado para atraparlo porque él no quería saber nada.

Esa fue la última que lo vio, a él o a cualquier otro miembro de la familia Cannavaro. Y, aunque le había dolido en el alma por Danny, no podía decir que no hubiera sido un alivio.

¡Pero allí estaba Emiliano Cannavaro, acusándola de haberle escondido al niño!

–Menuda cara –murmuró.

Él apartó el pelo de su frente con una mano grande, larga y morena. Lauren conocía bien esas manos porque en una noche habían descubierto los secretos de su cuerpo y todas las zonas erógenas que poseía.

Sus facciones eran más duras de lo que recordaba, aunque incluso entonces había sido un rostro lleno de autoridad, con la frente alta, los pómulos bien definidos, unos misteriosos ojos negros y unas pestañas por las que cualquier chica adolescente daría un brazo y una pierna.

Podía entender por qué no había sido capaz de rechazarlo desde el momento en que puso sus ojos en él.

—Insisto: ¿podemos entrar?

Su tono no admitía discusión y, sin decir una palabra, Lauren lo llevó a la puerta trasera de la granja sabiendo sin la menor duda que él estaría mirando su trasero y recordando...

—Di lo que tengas que decir —le espetó.

Los nervios hacían que su tono sonara excesivamente seco mientras entraban en la vieja cocina, pero el recuerdo de la humillación que había sufrido con aquel hombre, que le había hecho el amor para luego tratarla como si no tuviese derecho a pisar el suelo que él pisaba, la avergonzaba profundamente sin tener que verlo y revivir de nuevo esa pesadilla.

—Como quieras —Emiliano no parecía perturbado en absoluto por su falta de simpatía—. No voy a andarme por las ramas: seguramente sabrás que Angelo murió el mes pasado.

Lauren asintió con la cabeza. Le había sorprendido leer la noticia en el periódico. Había sido una muerte accidental, según el forense, causada por la mezcla de barbitúricos y analgésicos que tomaba para su lesión de espalda y una excesiva cantidad de alcohol.

Lamentaba su muerte, como lamentaría la de

cualquiera, pero lo único que pudo decir en ese momento fue:

–¿Y qué tiene eso que ver conmigo?

–Todo –respondió Emiliano–. Porque a partir de ahora no puedes seguir monopolizando a Daniele.

–No lo estoy monopolizando –replicó ella–. Al menos, no lo he hecho de forma intencionada. Pero, si así fuera, sería culpa de tu hermano, que no mostró el menor interés por el niño... una de las razones por las que Vikki lo dejó. Y tú tampoco has mostrado interés hasta ahora, por cierto.

–Algo que pienso rectificar –dijo Emiliano, impaciente–. Pero como ya te he dicho, no sabía dónde estaba Daniele. Como seguramente *recordarás*... –añadió, poniendo énfasis en esa palabra para recordarle una intimidad en la que Lauren no quería pensar– mi hermano y yo no teníamos mucha relación. Poco antes de que muriese le pregunté dónde estaba el niño y me dijo que vivía contigo, pero no sabía dónde. ¿Por qué iba a contarme eso?

–Porque no quería que supieras la verdad –respondió Lauren.

–¿Y cuál es la verdad? –le preguntó él, escéptico.

–Que Angelo abandonó a Danny porque no era capaz de enfrentarse a la responsabilidad de ser padre. Él sabía dónde encontrarme y podría haber venido en cualquier momento, pero no lo hizo porque no le apetecía dejar el juego, las mujeres y esa vida indulgente que los dos disfrutáis tanto.

Le había salido del alma porque esa acusación

era una injusticia. Vikki y ella habían tenido que pagar un precio muy alto por relacionarse con los hermanos Cannavaro. Vikki no había sido una santa, pero no merecía las infidelidades y los abusos que la habían obligado a abandonarlo después de diez meses de matrimonio. Como ella no merecía el desprecio de su hermano.

–En cualquier caso –siguió Emiliano, como quitándole importancia a sus palabras– Daniele es su hijo y, por lo tanto, mi sobrino.

–Y el mío.

–No he dicho que no lo sea.

–Y, naturalmente, quieres verlo –dijo Lauren. Tenía que aceptar eso y lo sabía. Como tío del niño, Emiliano tenía derechos de visita–. Pero me temo que esta noche no será posible porque está dormido.

Por primera vez se fijó en sus ojeras, causadas sin duda por la reciente muerte de su hermano.

Pero no debía compadecerse de él porque, cuando apretó los labios, el gesto pareció enfatizar la satánica oscuridad de su incipiente barba.

–Lo entiendo, pero me parece que tú no. Quiero que sepas desde el principio que mis intenciones van más allá de verlo esta noche.

Lauren sintió que se le encogía el estómago.

–¿Qué quieres decir?

–El niño es un Cannavaro y, por lo tanto, es razonable que viva con su familia.

–¡Ya vive con su familia! –exclamó ella, indignada.

Emiliano miró el desportillado fregadero y luego la miró a ella con un brillo de censura en los ojos.

–¿Crees que un Cannavaro puede criarse en un sitio como este?

Su desdeñosa opinión del hogar que una vez había compartido con sus padres y su hermana le dolió, pero no iba a dejar que lo viese.

–Esta no es la mansión en la que, evidentemente, tú crees que debería criarse, pero aquí aprenderá más sobre el cariño y los valores humanos de lo que podría aprender en los lujosos palacios que la gente como tú llama «hogar».

No sabía si había hecho mella en su invencible armadura o lo irritaba su audacia al hablarle así, pero las mejillas de Emiliano se tiñeron de color mientras apretaba los dientes.

Lo había visto alterado dos años antes mientras se hundía en su cuerpo y sucumbía a una liberación hasta entonces fieramente controlada, llevándola con él a una excursión por el cielo... el cielo de los tontos.

–¿Y qué habéis aprendido tu hermana y tú de valores humanos? –le espetó Emiliano entonces.

–Según tú, nada –respondió Lauren, con un ligero temblor en la voz.

Porque, por supuesto, no había querido escuchar sus explicaciones. Según él, Vikki y ella eran la peor clase de personas, de modo que no iba a intentar convencerlo de lo contrario, especialmente cuando estaba añadiendo a sus pecados el secuestro de un niño.

–¿Y qué clase de hogar imaginas que es el mío?

En realidad, Lauren nunca había sido capaz de imaginarlo en ningún sitio, aparte de los lujosos hoteles donde se reunían los ricos y famosos o en algún rascacielos de acero y cristal en el corazón de su imperio marítimo.

–No pierdo el tiempo imaginándote en ningún sitio –respondió.

–¿Ni siquiera para preguntarte dónde viviría tu sobrino, al que dices querer tanto?

Lauren tuvo que morderse la lengua. Le daba igual lo que Emiliano Cannavaro pensara de ella. Los recuerdos de aquella noche la avergonzaban, pero no podían hacerle daño. Había aprendido a encogerse de hombros, apretar los dientes y seguir adelante... pero Emiliano ya no era un recuerdo. Estaba allí, enorme, imponente, y tenía el poder de hacerle daño.

Y lo haría si le dejaba, llevándose lo que más quería en la vida.

–No tengo que preguntarme nada –respondió, decidida–. Sé muy bien dónde vivirá: conmigo. Era el deseo de mi hermana que yo cuidase de Danny si algo le pasaba a ella.

–Pero no tenía derecho a hacerlo cuando el padre del niño estaba vivo.

–Tenía todo el derecho porque el padre del niño no mostraba el menor interés por él –respondió

Lauren–. No sería así si Angelo no hubiera sido tan mal padre como marido.

–¿Te refieres al marido que ella solo veía como un medio para vivir una vida de lujos?

«Voy a sacarle hasta el último céntimo».

Lauren no quería recordar el comentario de Vikki aquel día trágico, once meses antes, cuando su hermana fue a ver a Angelo, dejando al niño con ella. Pero recordó eso y las cosas que le había contado el día de su boda, cosas que Lauren desearía no haber oído nunca.

–No me malinterpretes –la voz de Emiliano interrumpió sus pensamientos, devolviéndola al presente–. No estoy defendiendo lo que hizo mi hermano.

Ella lo miró, sorprendida.

–¿Ah, no?

–Los defectos de mi hermano eran evidentes, pero tu hermana lo engañó para casarse con él.

Algo que jamás le habría pasado a él, por supuesto.

Esos penetrantes ojos oscuros parecían estar desnudándola...

–No –dijo entonces Emiliano, con voz letal, como si hubiera leído sus pensamientos.

–¿No qué? –lo retó ella, intentando no pensar en ese día, el más humillante de su vida.

Emiliano no respondió. No tenía que hacerlo, pensó Lauren, sintiendo que le ardían las mejillas.

–No he venido aquí a resucitar lo que hubo entre

nosotros –dijo él, con frialdad–. Aunque, si dieran un premio por volver loco a un hombre, tú ganarías sin mover un dedo. ¿Verdad que sí, *cara mia*? –su tono era desdeñoso–. Tú único deseo esa noche era complacerme.

No entendía cómo podía sentir un cosquilleo entre las piernas al pensar en esa noche y, de nuevo, notó que le ardían las mejillas.

–Ahórratelo, Emiliano –dijo, sin embargo.

Él rio, disfrutando de su incomodidad como había disfrutado saboreando el néctar de su cuerpo.

–Por supuesto. Tenemos problemas más acuciantes.

¿Como por ejemplo robarle a Daniele?

–Si crees que voy a entregarte al hijo de mi hermana, es que no me conoces.

Él esbozó la sonrisa que había tenido el poder de cautivarla esa infausta noche en Londres.

–Por supuesto, no espero que me lo entregues ahora mismo. Será necesario un período de ajuste mientras el niño se acostumbra a mí como nuevo tutor. Y, naturalmente, tú recibirás una recompensa por el tiempo que ha estado a tu cuidado.

Lauren no podía creer lo que estaba oyendo.

–¿Recompensa? –repitió–. ¿Y cuál es el precio adecuado por comprarme al niño?

Emiliano enarcó una oscura y desdeñosa ceja.

–Mi intención no es comprártelo. Sencillamente, se te reembolsará por los gastos que hayas tenido durante estos meses. Pero, si eso es importante para ti, dejaré que tú misma pongas el precio. Si es razonable, estoy seguro de que podremos llegar a un acuerdo.

–¿Crees que puedes comprar todo lo que quieras, verdad? Pues siento decepcionarte, pero no tengo la menor intención de entregarte a mi sobrino, así que ya puedes subir a tu lujoso coche y volver por donde has venido. Daniele no se irá contigo bajo ninguna circunstancia. Ni ahora ni nunca.

Él esbozó una sonrisa.

–Y yo pensando que podríamos llegar a un acuerdo... ¿estás diciendo que prefieres una batalla legal?

Una batalla que, sin la menor duda, ganaría él.

Trémula, pero sin dejarse asustar, Lauren respondió:

–Si eso es lo que hace falta, desde luego.

–Es usted muy ingenua, *signorina* Westwood –el trato formal parecía añadir distancia entre ellos–. Parece que te he subestimado al imaginar que podríamos llegar a un acuerdo sin tener que contratar caros abogados. ¿O crees que así podrías sacar tajada?

–Eres despreciable –le espetó Lauren, airada.

–No tanto como podría serlo si me llevas a juicio.

–¿Es una amenaza?

–No, solo un buen consejo.

–¡Puedes meterte los consejos donde te quepan! –respondió ella.

Emiliano soltó una carcajada.

–¡Qué carácter!

Había dado un paso hacia ella y Lauren se apartó, mirando hacia atrás cuando chocó contra la encimera. Sin atreverse a respirar, se quedó inmóvil mientras él ponía las manos a cada lado de su cuerpo, atrapándola.

–¿Sabes qué fue lo primero que me atrajo de ti? Aparte de... lo obvio –uno de los tirantes del peto se había deslizado por su hombro y, por el brillo de sus ojos, Lauren supo que estaba mirando sus pechos bajo la camiseta. Unos pechos demasiado grandes, había pensado siempre, en comparación con su estrecha cintura y sus delgadas caderas. Los pezones se marcaban bajo el delgado algodón y no sabía cómo evitarlo–. Que intentases cortarme a cada paso me encendía. Y no soy solo yo quien se enciende, ¿verdad, *cara*?

Se refería a ella, pensó Lauren, recordando que había sugerido que disfrutaba discutiendo con él.

–No sigas, no tiene sentido.

–Y eso fue antes de saber quién era –siguió Emiliano.

Su proximidad estaba haciendo que le diera vueltas la cabeza. Lo odiaba y, sin embargo, tenía que hacer un esfuerzo sobrehumano para no empujar sus pechos hacia delante en un gesto de invitación para que esas manos le dieran el placer que ningún otro hombre le había dado. Pero no lo hizo y, afortunadamente, él no intentó tocarla.

Al contrario, se apartó.

—Si me llevas a juicio y lo pierdes, no conseguirás nada de mí. ¿Está claro? Ni un céntimo.

—Lo único que quiero de ti es un poco de decencia, algo muy difícil para los Cannavaro, que solo piensan en ganar dinero.

—Eso es más recomendable que aceptar dinero de los demás —replicó él—. En cualquier caso, cuando se trata de vampiros, lo mejor es ir siempre un paso por delante.

—Y me insultas con la promesa de darme dinero... —Lauren sacudió la cabeza, atónita.

Emiliano volvió a mirar alrededor.

—Parece que te hace falta.

—No me hace ninguna falta tu dinero. Lo único que quiero es que salgas de mi propiedad.

—Por supuesto —asintió él. Y, aunque había dado un paso atrás, el fresco aroma masculino se quedó en su pituitaria—. Pero volveré, te lo aseguro. Y cuando vuelva, veré a mi sobrino.

—No voy a impedir que lo veas —Lauren se encogió de hombros.

—En ese caso, no hace falta que me acompañes —dijo Emiliano, obviamente satisfecho al haber conseguido lo que quería: asustarla con la amenaza de quitarle a Daniele.

Pues muy bien, si quería pelea, la tendría, pensó. Tras la muerte de Vikki, Daniele era su único pariente y no tenía la menor intención de entregárselo a Emiliano Cannavaro.

Pero estaba asustada y no podía negarlo. Y eso no era lo único que la perturbaba mientras escuchaba el rugido del poderoso motor alejándose de la granja.

No, lo que la perturbaba era la poderosa atracción sexual que había despertado a la vida en cuanto volvió a verlo. La traidora respuesta de su cuerpo cuando la atrapó contra la encimera; una atracción que había nacido en el momento en que puso sus ojos en él.

A regañadientes, volvió atrás en el tiempo, hasta ese día en el exclusivo hotel londinense dos años antes...

Capítulo 2

CUANDO su hermana la invitó a la fiesta que tendría lugar el día antes de su boda con uno de los solteros más buscados de Italia, Lauren no había imaginado que tendría que soportar a un viejo banquero con ínfulas de Romeo al que sonrió hasta que le dolía la cara.

Después de haber alquilado la granja para ganar algo de dinero, pensando en volver a la universidad, se había instalado en una sencilla pensión de Londres, pero se sentía tan fuera de lugar en la ciudad como con el elegante vestido verde esmeralda con escote palabra de honor que se había puesto para la fiesta, a la que había acudido sola.

Aunque eso no evitaba que se sintiera inmensamente aliviada cuando otro invitado la libró, por fin, de las atenciones del Romeo aficionado.

Su repentina soledad la había dejado expuesta a la atención de un hombre que, entonces no lo sabía, era Emiliano Cannavaro, aunque desde que entró en la fiesta había notado que la miraba con unos ojos intensos oscuros.

Debía de tener unos treinta y pocos años entonces y, por su piel morena y su pelo negro, que caía un poco sobre la frente, era innegablemente italiano.

Sí, en aquel hombre al que no conocía, Lauren había notado un aire de frío desdén y autoridad que lo separaba de los demás. Tal vez era su aristocrática nariz romana o la incipiente barba oscura, pero daba la impresión de ser un hombre con el que no se podía jugar.

O tal vez era su expresión aburrida, como si quisiera estar en cualquier otro sitio, pero lo que tenía era presencia. Una presencia formidable con ese traje de chaqueta italiano que destacaba la anchura de sus hombros. Lauren entendía por qué todas las mujeres lo miraban. Y, sin embargo, él no dejaba de mirarla a ella.

Poco acostumbrada a tanto interés masculino, se había dado la vuelta para mirar a su hermana, una delgada rubia con cara de niña, y a su guapísimo prometido, que estaban tomando una copa de champán.

−¿Es envidia lo que veo en sus ojos o se pregunta, como sospecho, si son tan felices como quieren aparentar?

La voz, con fuerte acento italiano, hizo que Lauren se diese la vuelta, conteniendo el aliento al ver que era el hombre que había llamado su atención.

−¿Por qué no van a ser felices?

−¿Por qué no, claro? −repitió él, burlón.

De cerca era incluso más atractivo. Las facciones marcadas, los altos pómulos y esa boca de dura sensualidad seguramente haría que las más jóvenes se desmayasen. El cuello de su inmaculada camisa blanca hacía contraste con su piel bronceada y olía demasiado bien, una sutil colonia masculina que Lauren quería respirar y no dejar de hacerlo hasta que sus sentidos se hubieran llenado.

—Esa joven debe de ser muy especial para haber conquistado a Angelo Cannavaro.

Sin saber que estaba hablando con el hermano del prometido de Vikki, Lauren preguntó:

—¿Es usted amigo de la familia?

—Yo no diría eso... exactamente.

Un socio, especuló Lauren, preguntándose por la vacilación en la respuesta.

Una risotada llamó su atención hacia los novios, que bailaban mientras levantaban sus copas para brindar.

—Parece una joven que sabe lo que quiere y cómo conseguirlo.

La mirada del hombre estaba clavada en el abdomen de Vikki, o más bien en el bulto bajo el vestido de satén azul con un escote tremendo en la espalda, y el tono hizo que Lauren levantase la mirada.

—¿Qué quiere decir?

—Nada, se lo aseguro. Pero algunos dirían que hay peores destinos que entrar a formar parte de una de las familias más antiguas e importantes de Italia.

—Y otros dirían que podría encontrar algo mejor que una familia que se dedica a ganar dinero a costa de lo que sea.

—¿Usted sería una de esas personas?

Lauren no había querido hacer ese comentario sobre la familia del novio; se le había escapado antes de que pudiese contenerlo, pero sus comentarios la irritaban porque estaba preocupada por Vikki.

Desde que perdieron a sus padres a causa de una enfermedad tropical seis años antes, Lauren, que entonces tenía dieciocho, se había encontrado haciendo de padre y madre para su a menudo rebelde hermana pequeña.

La reacción de Vikki ante la muerte de sus padres había sido enfadarse con el mundo y su rabia y resentimiento habían dado como resultado un estilo de vida cuestionable: alcohol, fiestas, drogas y demasiados encuentros de una sola noche.

A los diecisiete años, Vikki se había negado a seguir escuchando sus reprimendas y decidió que no podían seguir viviendo bajo el mismo techo. Lauren había visto muy poco a su hermana en los años siguientes.

Cuando la llamó tres semanas antes de la fiesta para decir que estaba embarazada e iba a casarse, se había alegrado por ella. Y, debía admitir, también se había sentido aliviada. Pero, cuando se reunieron para comer y descubrió quién iba a ser su marido, el alivio se había esfumado.

El decadente estilo de vida de Angelo Cannavaro era conocido por todos. Sin embargo, su más rico y más discreto hermano mayor había conseguido evitar que su vida privada apareciese en las revistas y, por eso, Lauren no había sabido inmediatamente con quién estaba hablando.

Vikki y Angelo Cannavaro se habían conocido mientras ella era crupier en un club de Londres y la relación había sido tempestuosa desde el principio porque Angelo no estaba dispuesto a sentar la cabeza. Vikki decía que había cambiado desde su última ruptura, cinco meses antes, pero eso no había aliviado la preocupación de Lauren.

—No era mi intención hablar mal del novio o de la afortunada rubia que va a casarse con él —siguió, irónica—. Y tampoco debería hacerlo usted.

En lugar de avergonzarlo, la reprimenda pareció divertirlo.

Esbozando una sensual sonrisa, miró con turbadora intensidad la fina simetría de su rostro, su cuello y sus pechos, demasiado levantados por encima del corpiño verde del vestido.

—¿Y quién es usted que salta enseguida para defender a la novia?

Lauren lo encontraba tan desconcertantemente masculino que tenía que hacer un esfuerzo para mirar esos ojos con cierta confianza.

—Soy Lauren Westwood, su hermana.

—Ah.

—Otra de las avariciosas hermanas Westwood, como usted ha dado a entender, perteneciente a una de las familias más insignificantes de Cumbria.

Había esperado avergonzarlo, pero él se limitó a inclinar la cabeza en un gesto de asentimiento.

–Un error por mi parte, creo –dijo. Y eso era lo más parecido a una disculpa que iba a conseguir por parte de aquel hombre–. En ese caso, al menos me permitirá traerle otra copa.

–No, gracias...

Sin hacerle caso, él le quitó la copa de la mano y el accidental roce de sus dedos provocó una descarga eléctrica que incendió su sangre.

Aunque no era inexperta del todo, porque había tenido un par de relaciones en el pasado, seguía sin entender la emoción que aquel hombre provocaba en ella.

–«Insignificante» no es un adjetivo que pueda aplicársele a usted, *signorina* –Emiliano la miraba como un hombre que conocía bien la anatomía femenina y sabía cómo sacar partido de ella.

¡Y cómo! Lauren lo recordaba bien, resentida por cómo había hecho, y aún podía hacer, que todo lo que había de femenino en ella respondiera a su flagrante masculinidad.

–Lo mismo digo –respondió–. Pero eso ya lo sabe.

Había querido que fuese una pulla, negándose a reconocer que esos ojos que parecían penetrar la seda verde esmeralda del vestido hacían que sus pezones reaccionasen como si los hubiera tocado. No podía dejar de imaginar cómo sería sentir esas largas manos morenas bajando la cremallera y esa boca sensual moviéndose sobre su piel antes de...

Lauren detuvo esos pensamientos cuando empezó a sentir un cosquilleo entre las piernas.

–¿Qué hace, señorita Westwood? ¿Intenta seducirme con esos ojazos, como su hermana ha seducido al pobre ingenuo de Angelo?

Ella se puso colorada.

–Angelo Cannavaro no tiene nada de ingenuo. Y si cree que el matrimonio es un castigo es que tiene una visión muy cínica del amor y el matrimonio.

–Sí, tiene razón, pero no hablaba del intercambio de promesas. Hay muchas maneras de cazar a alguien, además de ponerle un anillo en el dedo, y ninguna de ellas tiene nada que ver con el amor –replicó él, poniendo un énfasis desdeñoso en la palabra.

Lauren quería decir algo que lo molestase. No le gustaba aquel hombre y, sin embargo, ¿por qué sus pechos parecían querer el roce de sus manos? ¿Y por qué la idea de empujarlo hasta el límite, de provocarlo, hacía que en su cabeza apareciesen todo tipo de escenarios sensuales? Por ejemplo, estar debajo de él en la cama, liberándose del mutuo antagonismo de la manera más primitiva.

–Le aseguro que no tengo intención de «cazar» a nadie. Por lo tanto, está usted a salvo –Lauren sonrió, intentando aparentar una seguridad que no sentía, pero por cómo enarcó las cejas supo que había notado el temblor en su voz.

–No sé si sentirme aliviado o decepcionado –replicó, con una fría sonrisa–. La cuestión es, *signorina* Westwood, ¿lo está usted? A salvo, quiero decir.

La pregunta era tan sutilmente explícita que Lauren tuvo que disimular un cosquilleo en el vientre.

–No sé de qué está hablando...

La conversación fue interrumpida por Vikki, que se acercó a ellos con una sonrisa de oreja a oreja.

–Genial, veo que ya os conocéis. ¿Vas a decirme lo que piensas de mi hermana, Emiliano? ¿A que es guapísima?

–Claro que sí, pero me temo que aún no hemos sido presentados oficialmente.

–Emiliano, te presento a mi hermana Lauren, que está disponible. Emiliano es el hermano mayor de Angelo y el jefe de la dinastía Cannavaro desde que su padre murió.

Lauren se quedó de piedra al descubrir que era el hombre con el que su hermana le había dicho que debía ser amable.

–Ha venido a Londres para la boda, aunque está ocupadísimo –siguió Vikki–. Es un detalle, ¿verdad? Pero no te dejes engañar por su carisma italiano y su irresistible encanto. Puede que parezca un caballero y un regalo de los dioses para las mujeres, pero, por lo que me ha contado Angelo, es muy peligroso. Así que ten cuidado, hermanita –Lauren detectó cierta ansiedad en el tono de su hermana–. En fin, será mejor que siga saludando a la gente. Nos vemos luego.

Mortificada, Lauren vio a su hermana saludando a varias invitadas... o dando besos en el aire, sería más apropiado decir.

–Espero que no le haga caso. Vikki sigue siendo una cría –empezó a decir, irritada por lo de «disponible»–. ¿Por qué no me ha dicho quién era?

–No me ha preguntado –respondió él–. ¿Por qué? ¿La conversación habría sido diferente de haberlo sabido?

Lauren lo pensó un momento. Sí, lo habría sido. Habría salido corriendo de haber sabido lo que iba a pasar.

–Ya me lo imaginaba –Emiliano tomó su silencio por asentimiento.

–¿Es cierto eso de que es usted peligroso?

Él hizo una mueca.

–¿Eso es lo que quiere creer?

Era demasiado mundano, demasiado sofisticado, y Lauren rezó para que no se diera cuenta de su nerviosismo.

–No lo sé, pero me parece posible.

No sabía por qué había dicho eso, pero la respuesta de Emiliano Cannavaro fue soltar una carcajada.

–Me temo que su hermana, como usted sabrá muy bien, es algo dada a lo dramático. Y no soy peligroso. Hago lo que es necesario, pero siempre intento ser justo.

Curiosamente, Lauren lo creyó. Por lo que Vikki le había contado sobre él, Emiliano Cannavaro solía regañar a su hermano por su estilo de vida, aunque no tenían demasiada relación. Su hermana parecía impresionada cuando hablaba del famoso Emiliano

Cannavaro y de su liderazgo en la empresa familiar. Y era lógico ya que los cruceros Cannavaro eran los reyes del mar.

–¿Por qué no va a ser usted el testigo de Angelo en la boda? –le preguntó. Alguien le había contado que sería un amigo del novio.

–Es una larga historia. ¿Por qué no es usted una de las damas de honor?

–Esa es una historia aún más larga.

Emiliano esbozó una sonrisa.

–Tengo toda la noche.

–No he venido aquí para desnudarle mi alma a un extraño –respondió Lauren.

Debería haber escuchado la campanita de alarma que sonó en su cerebro. El instinto de supervivencia la urgía a huir del hechizo sensual que Emiliano parecía haber tejido a su alrededor, pero no era capaz de moverse y tampoco quería hacerlo.

–Mi hermano va a casarse con su hermana –le recordó él. Como si tuviera que hacerlo–. Así que, a partir de ahora, usted y yo estaremos en cierto modo emparentados.

Lauren vio su reflejo en un espejo y se quedó sorprendida. Su pelo parecía brillar como el fuego bajo las lámparas de araña, haciéndola destacar... como una mujer marcada, pensó, con el pulso acelerado.

–Incluso los parientes tienen secretos entre ellos –respondió.

No había sido su intención, pero esas palabras

sonaron provocativas y Emiliano deslizó la mirada por su cuerpo.

–En ese caso, no hablaremos más del asunto.

–Habla muy bien mi idioma –comentó Lauren.

–Usted también.

–Bueno, yo soy de aquí.

–Créame, *mia cara*, las dos cosas no van necesariamente de la mano.

Ella rio, sintiéndose un poco más relajada que cuando llegó al hotel esa tarde.

–Dime, hermosa Lauren –que la tuteara por primera vez hizo que sintiera un escalofrío por la espalda–. ¿El hielo empieza a deshacerse porque tu hermana te ha advertido que puedo ser un tirano y debes tratarme con amabilidad?

–No dependo de la opinión de otros –respondió ella–. Y si confundes honestidad con frigidez estás en peligro de encontrarte con el agua hasta el cuello.

–Eres una mujer muy inteligente, pero creo que quizá te gusta cruzar espadas conmigo.

No era muy diferente a lo que Lauren había pensado antes, cuando los imaginó en un combate sexual. La tensión que sentía le resultaba extraña, sobre todo cuando se trataba de un hombre al que acababa de conocer.

–Solo estamos charlando.

–Pero te has puesto colorada, *mia bella*.

–Aquí hace calor –dijo Lauren.

Algo que lo hizo sonreír de nuevo porque no hacía calor en absoluto. De hecho, el hotel tenía una temperatura muy agradable gracias al aire acondicionado.

–Hay un remedio para eso.

–¿Qué remedio?

Emiliano indicó las puertas de cristal que llevaban al jardín.

–¿Esperas que vaya a dar un paseo a la luz de la luna con un hombre al que no conozco y cuya reputación de tirano le precede?

–Te equivocas.

–Bueno, es verdad, no hay luna –dijo Lauren.

–No habrá entonces testigo silencioso para tan decadente comportamiento –bromeó él, mostrando unos dientes fuertes y blancos–. A menos, claro, que tengas miedo...

Ella rio, nerviosa.

–¿De ti?

¿Tenía miedo?, se preguntó, deseando haberle hecho caso a su instinto. Emiliano era, después de todo, el futuro cuñado de Vikki, pero esa descripción no le hacía justicia.

Emiliano Cannavaro no era un simple invitado ni un hombre normal, sino un hombre cuya personalidad parecía envolverlo todo y cuya proximidad era profundamente turbadora.

¿Por qué no se arriesgaba?, se preguntó a sí misma. Podía pasarlo bien por una vez en lugar de ser siempre la sensata, como sus padres solían decirle. La que tenía la cabeza en su sitio, juiciosa, cauta, siempre trabajando y manteniendo la casa, primero por Vikki y luego, cuando su hermana se marchó, sencillamente para tener un techo sobre su cabeza.

No podía hacerle daño pasarlo bien durante unas horas. Y si Emiliano y ella habían empezado con mal pie por sus dudas sobre la felicidad de Vikki y Angelo... bueno, era la verdad.

De modo que, sin pensarlo más, salió con él al jardín.

Recordaba cuánto habían hablado y reído, sentados bajo las estrellas, perdidos en su propio mundo, aunque apenas recordaba de qué habían hablado.

Todo había sido un preludio a lo que los dos sabían iba a ocurrir de manera inevitable, e incluso antes de que Emiliano se apoderase de sus labios ya era demasiado tarde.

En amarga retrospectiva, Lauren veía esa noche como un preludio a la vergüenza y humillación del día siguiente, pero allí, en el jardín, lo único que sentía era la emoción que provocaban las manos de Emiliano sobre su cuerpo, la sensación de estar gobernándola, haciéndola temblar con sus caricias.

No quería pensar en esa exquisita noche... porque había sido exquisita. Como la mañana siguiente, cuando despertó en su cama. Sin apenas tiempo para vestirse y acudir a la boda de su hermana, sin embargo respondió sin dudar cuando la empujó contra su dura erección.

Apenas recordaba cuántas veces la había hecho suya desde que se rindió tras ese primer beso en el jardín, pero por la mañana su cuerpo ya estaba moldeado a la voluntad de Emiliano Cannavaro, sus pechos rendidos a las manos masculinas y su ardiente boca, sus piernas abriéndose sin necesidad de persuasión para acomodarlo.

Incluso durante la boda estaba encendida por él, sus pechos hinchándose bajo el encaje del sujetador cada vez que lo miraba. Emiliano había dejado claro que quería seguir teniéndola en su cama y recordaba haberse preguntado con cierto placer culpable si todos verían que sus mejillas se encendían de anticipación.

No había tenido oportunidad de hablar con él durante el banquete porque los habían sentado en diferentes lados de la mesa. Luego, cuando todo el mundo estaba bebiendo y disfrutando, Emiliano había sido monopolizado por tanta gente que Lauren mantuvo las distancias.

Angelo formaba parte de una familia muy influyente y la prensa había acudido a la boda, pero sabía que Emiliano valoraba su intimidad e imaginó que querría ser discreto para protegerlos a los dos de las especulaciones de los reporteros.

El día pasaba y apenas habían intercambiado dos palabras, pero sus miradas cargadas de deseo le decían que quería estar con ella. Y ella sentía lo mismo.

Estaba enamorada. O medio enamorada.

Como una tonta, casi se había convencido a sí misma de ello mientras esperaba que su hermana, que había subido a la habitación para quitarse el vestido de novia, bajase de nuevo al salón donde tenía lugar el banquete.

Emiliano estaba charlando con un par de jóvenes que parecían a punto de sacar lápiz y papel para tomar apuntes y Lauren se dirigió al vestíbulo del hotel para descansar un rato del ruido.

Pero allí, aún vestida de novia, estaba Vikki, mirándose en un espejo.

Lauren recordó las palabras de Emiliano el día anterior, las dudas sobre aquella boda.

–Vikki, ¿qué ocurre? ¿No habías subido a la habitación para quitarte el vestido?

Su hermana se dio la vuelta, sorprendida.

–No me pasa nada. Iré enseguida.

–Pero pareces triste.

–No es nada. Es que el niño ha empezado a dar pataditas.

Lauren tuvo que contener un suspiro de ansiedad.

–Todo ha sido tan rápido... la boda, el niño. ¿Estás segura de lo que haces?

–Créeme, sé muy bien lo que hago –respondió Vikki.

–Pero tú nunca habías tenido interés en ser madre... –Lauren recordaba cuántas veces se había rebelado contra esa idea.

–Pero puedo aprender a ser maternal. ¿Y con quién mejor que con un hombre rico a mi lado? –Vikki rio, apartando el pelo de su cara.

–Creo que habrías sido más feliz si hubieras esperado un poco más antes de formar una familia. Para conoceros mejor el uno al otro, disfrutar un año o dos juntos...

–Por favor, Lauren, qué antigua eres. Bueno, siempre lo has sido. Antigua e ingenua.

¿Ingenua? Le dolía que su hermana y ella no pudieran entenderse, ni siquiera el día de su boda.

–¿Por qué dices eso?

–No pensarás que todo esto... –Vikki señaló a su alrededor– habría pasado si no hubiera forzado a Angelo quedándome embarazada, ¿verdad? –su hermana rio y Lauren la miró, incrédula–. No pongas esa cara, hermanita. Después de todo, tú no puedes decir que seas diferente. Te vi con el hermano de Angelo anoche y vi cómo desaparecisteis después de salir al jardín. ¿Te lo llevaste a la cama?

–¡Vikki!

–No, no me lo digas. Ya veo que sí. Seguro que es un semental entre las sábanas.

Lauren aún recordaba la vergüenza e indignación que había sentido en ese momento.

–Vaya, ¿tan bueno es? –bromeó su hermana al ver que se ponía colorada–. Mucho más sexy que el viejo banquero que querías ligarte anoche –su hermana seguía hablando y Lauren no daba crédito– hasta que viste la oportunidad de pillar dinero de verdad, ¿eh? Estoy orgullosa de ti, hermanita. En serio. No sabía que tuvieras valor para intentarlo con alguien como Emiliano Cannavaro, pero has ganado muchos puntos conmigo. Si juegas bien tus cartas, podrías tenerlo todo: dinero, posición social y, según parece, unos revolcones estupendos en el dormitorio.

–¡Vikki! –Lauren encontró su voz por fin, pero no estaba dispuesta a discutir lo que había habido entre ella y el hermano de Angelo en el vestíbulo del hotel, donde cualquiera podría escuchar la conversación–. No estamos hablando de mí. Es por ti por quien estoy preocupada. ¿Qué quieres decir, que te has quedado embarazada a propósito?

–He dejado de tomar la píldora. ¿Cómo si no crees que iba a conseguir que un playboy como Angelo me propusiera matrimonio? Hace cinco meses, tras nuestra última ruptura, decidí que las cosas iban a ser diferentes. No es fácil para una chica como yo conseguir a un hombre rico y no pensaba dejarlo escapar. Y si su hermano y tú os gustáis, entonces todo va como habíamos planeado.

Lauren frunció el ceño, tan desconcertada que no sabía qué decir.

–Bueno, tú aún no has enganchado a Emiliano –siguió Vikki– y, si es como su hermano, saldrá corriendo si cree que eso es lo que pretendes. Pero juega bien tus cartas con esa sonrisa tímida y esa actitud digna que tanto gusta a los hombres y lo tendrás en tus manos.

Las cosas que decía su hermana eran cada vez más escandalosas.

–Vikki, no puedo creer... –empezó a decir.

–¿Que siga teniendo la lista?

–¿La lista? –la confusión de Lauren era completa. Estaba tan nerviosa que de su garganta escapó una risita histérica.

–La lista de posibles candidatos para marido. Los playboys italianos siempre fueron el número uno en nuestra lista.

La aparición de una invitada silenció a Lauren, pero, en cuanto la mujer desapareció, lanzó una parrafada que no dejaba ninguna duda sobre lo que sentía:

–Si crees que perdono tu comportamiento, estás muy equivocada. Estoy horrorizada, Vikki. ¿Cómo puedes ser tan irresponsable de quedar embarazada cuando no quieres ser madre? Eso es terrible, pero hacerlo para cazar a Angelo es inmoral. Sinceramente, no pensé que fueras capaz de caer tan bajo.

Luego le recordó a su hermana que el sueño de casarse con millonarios italianos era algo de la adolescencia, tonterías de cría que ella había olvidado en cuanto se hizo mayor.

Vikki, algo contrita, le advirtió que a partir de ese momento era parte de la influyente familia Cannavaro y le suplicó que no se lo contase a nadie. Y menos a Emiliano.

–Si creyera que alguien es capaz de traicionarlo, aunque fuese un miembro de la familia, no sé qué sería capaz de hacer –murmuró, asustada–. Y yo quiero a Angelo, de verdad.

Después de eso, Vikki y su nuevo marido subieron al coche que los esperaba en la puerta del hotel para dar comienzo a su luna de miel. Angelo bromeaba con sus amigos mientras Vikki sonreía bajo una ducha de confeti, como si fueran la pareja perfecta.

Lauren pensó que no podría sentirse peor, pero cuando volvió al hotel y prácticamente chocó con Emiliano, que estaba en recepción con la maleta en la mano, sintió que se le encogía el corazón.

–¿Te marchas? –le preguntó, aunque era evidente que así era.

–¿Qué esperabas, *cara mia*? –el tono de Emiliano era helado–. ¿Que me quedase para que te rieras de mí como Vikki se ha reído de mi hermano? ¿Cuántas veces tenías previsto jadear apasionadamente antes de echarme el lazo?

Sorprendida, Lauren solo pudo preguntar:

–¿Has escuchado mi conversación con Vikki?

–Sí, *cara*, la he escuchado.

–Pero te equivocas, yo no... –no sabía qué decir, dolida no solo por la escena con su hermana, sino por la desacertada e injusta conclusión de Emiliano.

–Me alegro de haber descubierto quién eres. Gracias a la conversación con la oportunista de tu hermana ahora sé a qué estás jugando.

–No es ningún juego –replicó ella, desesperada–. ¿Cómo puedes creer que yo tengo algo que ver con todo eso?

–Si no recuerdo mal, parecías muy divertida por esa lista de la que hablaba tu hermana.

Lauren intentó protestar, pero no podía pensar con claridad y menos explicar lo que había pasado.

–Yo no fui a buscarte –consiguió decir por fin–. No busqué tu atención, fuiste tú quien se acercó a mí –le recordó–. Y al principio no fui precisamente amable contigo.

–Hasta que supiste quién era. ¿Pero no era ser estirada parte de la táctica para seducirme? Eso dijo tu hermana y parece que ha funcionado. Después de todo, no hay mejor reto para un hombre que ser rechazado por una mujer guapa. Buen intento, *mia bella*, pero no tengo intención de hacer el tonto ni acabar en la lista de una buscavidas.

No valdría de nada intentar convencerlo de que esa lista no había sido más que una cosa de niñas románticas, algo que hicieron cuando eran adolescentes, porque no iba a escucharla.

Vikki había conseguido destruir su opinión sobre ellas con sus inmorales revelaciones.

–Ha sido muy agradable conocerte –se despidió Emiliano–. Normalmente no me gustan las bodas, pero gracias por la diversión. Tú has conseguido que esta farsa fuese... inolvidable –añadió, mirando descaradamente sus pechos.

Luego salió del hotel, dejando a Lauren sintiéndose tan avergonzada y degradada como pretendía.

Diez meses más tarde, el matrimonio de Vikki y Angelo se había roto y su hermana se había ido de la casa de Hertfordshire con Daniele para instalarse en casa de una amiga. Y un mes más tarde, Vikki había muerto en un accidente de coche mientras se peleaba con Angelo sobre los términos del divorcio.

Unas semanas después, tras la desagradable visita de Angelo, Lauren se había instalado en la granja con el niño y hasta aquel día no había vuelto a saber nada de Emiliano Cannavaro.

Capítulo 3

MIENTRAS salía del aeropuerto de Heathrow, Emiliano se felicitó a sí mismo por una semana de éxitos. La disputa entre la dirección y los ingenieros eléctricos que amenazaba con retrasar el lanzamiento de la nueva línea de cruceros Cannavaro había sido resuelta. El valor de las acciones de la compañía había llegado a niveles de récord y esa misma tarde habían finalizado las negociaciones para adquirir una línea de ferries.

En resumen, pensó, mientras miraba el cielo gris de Londres, tenía derecho a descansar unos días en su refugio privado, un descanso que se había prometido a sí mismo durante mucho tiempo, y solo le quedaba un obstáculo que saltar: llevarse a su sobrino con él.

Llovía a mares mientras conducía hacia el norte, los poderosos neumáticos de su coche volando sobre el carril rápido de la autopista.

Sabía que debería haber llamado a Lauren para decirle que iba a verla, pero no lo había hecho y por buenas razones. Cuando habló con ella una semana antes desde su oficina de Roma para advertirle de sus intenciones se había encontrado con una fiera oposición.

Sin embargo, estaba seguro de que se saldría con la suya porque siempre era así y con los retos más difíciles era mejor lidiar de manera directa y clara.

Nadie respondió cuando llamó al timbre de la granja varias horas después, pero cuando fue a la parte trasera encontró la puerta ligeramente abierta.

Había un triciclo abandonado en el vestíbulo que daba a la cocina...

De nuevo, se quedó sorprendido por las humildes condiciones en las que vivía. Nada que ver con el apartamento chic que él había imaginado. Aún no podía relacionar a la criatura deseable que lo había seducido dos años antes con la mujer natural, sin maquillaje alguno y vestida con un peto de trabajo con la que se había enfrentado cuando fue a la granja. Aunque seguía encontrándola deseable. Más aún si eso era posible.

Su corazón se aceleró ligeramente al escuchar pasos, pero no era Lauren, sino una mujer de la misma edad que él, con un niño en brazos.

Daniele.

El niño lo miró solemnemente antes de mirar por encima de su hombro.

—Lauren...

El pobre arrugó la carita al ver que no estaba allí.

—¿Quién es usted? —le espetó la mujer, mirándolo de arriba abajo. Con un pantalón de pana y una camisa de cuadros, parecía capaz de enfrentarse con cualquiera.

Emiliano se presentó antes de preguntar por Lauren.

—Ha salido —respondió ella, mostrando total indiferencia al conocer su nombre.

Al contrario que Lauren, que había decidido seducirlo al saber quién era, se recordó a sí mismo, irritado mientras observaba los viejos muebles, la pintura agrietada del techo y la mancha de humedad en una esquina. Era lógico que hubiese querido clavar sus garras en un hombre rico, pensó, incapaz de olvidar cómo sonreía al banquero con el que estaba charlando antes de decidir que sería más ventajoso sonreírle a él.

El niño alargó una manita para tocar su corbata azul y Emiliano sintió una punzada de emoción mientras miraba su pelo moreno y sus ojos azules. El hijo de su hermano.

—Y tú eres Daniele —murmuró, apretando su mano.

Le gustaría tanto poder llevárselo inmediatamente. Si Angelo no hubiera sido tan tonto como para dejar al niño con su tía, si tenía que creerla a ella, no tendría que lidiar con problemas legales para conseguir su custodia.

—¡Lauren! —gritó el niño.

Emiliano decidió que, cuanto antes sacase a su sobrino de aquella granja decrépita, más feliz sería.

—No le gusta que se vaya su tía, ni siquiera un momento —le explicó la mujer, que se había presentado como Fiona–. Esperaba que hubiese llegado a casa antes de irme –añadió, claramente preocupada–. Debería haber vuelto ya. No sé qué ha podido pasar.

Emiliano estuvo a punto de decir que él era el tío de Daniele y, por lo tanto, podía dejarlo con él, pero Daniele no lo conocía y no quería causarle un estrés innecesario. Además, tenía que hablar con Lauren a solas.

–¿Por qué no voy a buscarla? –sugirió.

Unos minutos después, intentando recordar las indicaciones de Fiona, subía a su lujoso coche.

–No pasa nada, chico. Yo te sacaré de aquí –Lauren intentaba calmar al border collie tumbado a sus pies, enredado con el alambre de espino de una cerca, aunque en el fondo empezaba a desesperarse.

El perro, tan cariñoso siempre, la había seguido desde la lechería y, distraído por un movimiento al otro lado de la cerca, seguramente un conejo, había empezado a hacer un hoyo, pero se enredó con el alambre de espino.

Un poco angustiada, Lauren esperaba que el conductor del coche que acababa de frenar en el camino la hubiera visto. Pero cuando miró con gesto de alivio por encima de su hombro...

–¡Emiliano!

Emiliano Cannavaro era la última persona a la

que esperaba ver allí y el alivio se convirtió en tensión.

–Tu niñera estaba empezando a preocuparse –dijo él, su pelo oscuro mojado por la fina lluvia–. Y yo también.

Lauren miró sus zapatos italianos llenos de barro. Eran zapatos para una sala de juntas, no para salir al campo.

–Fiona no es la niñera. Cuida de los caballos de los clientes que los dejan en la granja –le dijo. Además de ser una buena amiga que la ayudaba en todo.

–Ya veo.

El perro movió alegremente la cola a pesar de su situación y Emiliano se puso en cuclillas, sin preocuparse por sus bien planchados pantalones.

–No pasa nada, chico –intentó calmarlo, acariciando al animal.

A regañadientes, Lauren aceptó su ayuda y entre los dos intentaron liberar al animal.

–¿Cuánto tiempo lleva así?

Lauren se encogió de hombros.

–Media hora. Me siguió, como siempre, pero debió de ver un conejo al otro lado de la cerca y... en fin, no podía dejarlo así.

–¿Quién es Stephen? Fiona me dijo que habías ido a verlo a «la mansión».

Lauren estuvo a punto de decir que no era asunto suyo, pero se lo pensó mejor.

–Es el dueño de la lechería donde compro los

huevos y la leche –respondió. Tenía cincuenta y tres años, estaba casado y tenía cuatro hijos, pero eso se lo guardó para sí misma–. Y «la mansión» es como todo el mundo llama a su granja. ¿Por qué? ¿Creías que estaba intentando seducir al aristócrata local porque no pude conseguirte a ti?

Enseguida deseó no haber añadido esa última frase porque sonaba como si aún tuviera alguna noción romántica sobre él. Y lo lamentó más, sintiéndose como una tonta, cuando Emiliano no se dignó a responder.

–Ya te dije que no iba a dejar que sacaras a Danny del país –le recordó, temiendo que hubiera ido para hacer precisamente eso.

–No lo he olvidado –asintió Emiliano, mientras apartaba el alambre de espino de la pelambrera del animal.

Sus dedos eran largos, fuertes, capaces. Esas manos la habían acariciado y excitado como ninguna otra...

–Bueno, ya está. Creo que esto está resuelto, chico.

Liberado al fin, el perro se levantó e intentó demostrar su agradecimiento mientras Emiliano, riendo, se apartaba de la canina lengua.

Después de examinarlo para comprobar si tenía alguna herida que requiriese atención médica, Lauren tomó el cartón de leche que había comprado en la granja y, sujetando al animal por el collar, lo llevó hacia el camino.

–Vete a casa, Brutus.

Cuando el perro por fin obedeció volvió a mirar a Emiliano, que tenía barro en la camisa, bajo la inmaculada chaqueta de cachemir.

–Te has rasgado la manga –murmuró.

–Solo es un traje –dijo él, encogiéndose de hombros. Seguramente porque tenía más trajes de los que podía contar.

–Estábamos hablando de Danny.

–*Daniele* –replicó Emiliano.

Lauren suspiró.

–¿Lo has visto?

–Ahora no es el momento –dijo él, abriendo la puerta del coche–. Si seguimos aquí cinco minutos más, acabaremos con neumonía.

–Yo estoy acostumbrada –Lauren intentaba parecer despreocupada, aunque el brillo de sus ojos había despertado una llamarada de deseo.

–¿Acostumbrada a qué? ¿A estar en la cama con neumonía o a correr por el campo rescatando perros abandonados?

–Brutus no es un perro abandonado, es el perro de Stephen –respondió ella mientras subía al coche, con una sonrisa traviesa al ver que estaban empapando la inmaculada piel de los asientos.

Se lo tenía merecido.

Emiliano levantó la mirada al oír el ruido de las cañerías en el piso de arriba.

–Ve a ducharte –había insistido en cuanto entraron–. Estás empapada.

Y, aunque al principio ella se había resistido, por fin hizo lo que le pedía.

No podía creer que la hubiera encontrado intentando liberar a un perro del alambre de espino de una cerca. Bajo la lluvia, además. Y tampoco podía entender qué hacía una cazafortunas de su calibre en una granja como aquella.

En fin, haría un café y luego le hablaría de su proposición. Y si no le gustaba que se involucrase en la vida de su sobrino, peor para ella.

Lo había tenido para ella sola durante demasiado tiempo. Era hora de que Daniele Cannavaro conociese a la familia de su padre y creciese sabiendo quién era, aunque Lauren Westwood no estuviese de acuerdo. No iba a abandonar a Daniele como había hecho Angelo y tampoco iba a dejar que se sintiera apartado, como se había sentido él cuando era niño.

Estaba tan perdido en sus pensamientos que no se dio cuenta de que las cañerías habían dejado de hacer ruido, pero algo hizo que se diera la vuelta y lo que vio ante él lo dejó sin respiración.

Lauren acababa de entrar en la cocina con una bata corta que se pegaba a su cuerpo, el pelo rojo mojado cayendo sobre sus hombros. Todo en ella, desde los largos y esbeltos pies, de uñas sin pintar, lo dejaba sin aliento.

Y, a pesar de las cosas horribles que había pensado sobre ella, experimentó una punzada de salvaje deseo que intentó disimular apoyándose en la encimera, con una taza de café en la mano.

Con la chaqueta sobre el respaldo de una silla y el cabello despeinado era tan espectacular que el corazón de Lauren redobló sus latidos.

–No te andes con ceremonias, toma una galleta –bromeó, al ver la tapa del bote de cristal sobre la encimera.

–Tendrás que disculpar mis modales. Llevo horas sin comer.

Lauren miró el bote, del que faltaban dos galletas de chocolate, las favoritas de Danny. En otra ocasión no le habría importado, pero no podía comprar más hasta que cobrase su salario del jardín botánico en unos días.

Y él la acusaba de intentar quitarle algo...

–Lo siento, pero no tengo nada en la nevera. De haber sabido que venías habría preparado un banquete –le dijo, irónica.

–Entonces, tal vez haya sido una suerte que no lo supieras –replicó él, esbozando una sonrisa.

–Yo no voy por ahí envenenando a millonarios italianos... hasta que me he casado con ellos y he logrado convencerlos para que me lo dejen todo en su testamento, claro.

Emiliano soltó una risotada.

–¿Eso es lo que tenías en mente cuando decidiste seducirme, *cara*?

–Claro que no –Lauren se había puesto colorada,

pero intentó seguir con la broma–. Eres demasiado joven y no habría podido convencer a nadie de que habías muerto por causas naturales.

Emiliano rio de nuevo.

–¿Es por eso por lo que prefieres hombres mayores, como ese banquero al que le ponías ojitos en la fiesta?

–Yo no le puse «ojitos» a nadie. Además, era aburridísimo –Lauren sacó una galleta, que dejó sobre un plato–. Si quieres algo más, puedes ir al pub del pueblo.

–Muy amable.

–Te haría algo de comida, pero en este momento tengo la nevera vacía –replicó ella–. Bueno, ¿y qué es lo que quieres, además de comida?

–Tú sabes lo que quiero.

Se refería a Danny, claro. Como si pudiese olvidarlo.

Sin embargo, su turbadora mirada mientras clavaba los dientes en la galleta hizo que se preguntara si tal vez se refería a otra cosa. ¿O era solo su mente calenturienta?

Cuando llegó llevaba corbata, pero se la había quitado y los dos primeros botones de su camisa estaban desabrochados, dejando al descubierto su ancho y varonil cuello.

Lauren sintió un escalofrío al ver la sombra de vello oscuro que asomaba por el cuello de la camisa.

Nerviosa, tomó la mitad de una galleta que él le

ofrecía, aunque la aparente normalidad de la situación le parecía risible dadas las circunstancias.

–¿Por qué sonríes?

–Tal vez porque me está atendiendo en mi propia cocina un hombre que me cree no solo una cazafortunas de primer orden, sino una secuestradora de niños. Tiene gracia, ¿no te parece?

–Convénceme de que no lo eres.

–Yo no tengo que convencerte de nada.

Emiliano inclinó la cabeza en un extraño gesto de cortesía. ¿Estaba otorgándole el beneficio de la duda?

Luego apartó el flequillo de su cara, con ese gesto que ya la resultaba familiar... fue entonces cuando vio una manchita de sangre en el puño de su camisa.

–Te has cortado –murmuró.

–No es nada –dijo él.

–¿Nada? –incluso desde allí Lauren podía ver que la herida estaba inflamada–. Será mejor limpiar ese corte con antiséptico. No puedes dejarlo así.

–¿Por qué no? –preguntó Emiliano, llevando la taza al fregadero.

–Porque podrías contraer el tétanos o alguna otra infección –respondió Lauren. Aunque, en realidad, no podía imaginar que ninguna bacteria atacase a aquel hombre–. En serio, hay que limpiarla cuanto antes.

–¿Por qué no lo haces tú? –sugirió Emiliano, con un tono que no había escuchado desde esa mañana, cuando despertó a su lado en el hotel, deliciosamente tierno después de hacer el amor por enésima vez.

Su primer instinto fue mandarle al infierno. Después de todo, la había tratado de una forma abominable, juzgándola por lo que no era. Pero esa noche, y esa mañana, habían sido las más asombrosas y después las más humillantes de su vida.

Pero no estaba dispuesta a rebajarse a su nivel y, además, no se habría cortado si no la hubiese ayudado a liberar al pobre Brutus.

Dejando la taza sobre la encimera, tomó un paquete de algodón del botiquín de primeros auxilios y lo metió bajo el grifo. Luego, con el corazón latiendo a toda velocidad, esperó que él desabrochase el puño de la camisa y la remangase antes de limpiar la herida.

Lo oyó contener el aliento al primer contacto.

–Lo siento, no quería hacerte daño –murmuró.

–¿Ah, no? –dijo él, burlón.

Después se quedó callado, sin quejarse una sola vez mientras Lauren limpiaba la herida con antiséptico. Solo el sonido del viejo reloj de pared marcaba el paso de los minutos mientras él inhalaba ocasionalmente, como si estuviera respirando el aroma de su pelo.

Y él no era el único que lo hacía, pensó, respirando la familiar fragancia de su colonia, que hacía que le diese vueltas la cabeza. Recordaba el sabor salado de su piel mientras lamía su torso y cómo él, riendo, había sujetado su cabeza para que siguiera besando la exquisita simetría de su cuerpo.

Incapaz de seguir allí mientras su mente se llenaba de imágenes eróticas, Lauren supo que tenía que hacer algo.

–Yo no planeé lo que pasó en Londres. Aunque tú quieras pensar que fue así.

–No es que *quiera* pensarlo, pero eso es el pasado y es mejor olvidarlo.

–No, no lo es –replicó Lauren. No quería que ni él ni nadie pensaran algo tan horrible de ella–. No puedes acusarme de algo así y quedarte tan tranquilo. No sé qué oíste mientras me espiabas en el vestíbulo del hotel, pero está claro que solo escuchaste una parte. Y pienses lo que pienses de mí, Emiliano Cannavaro, no me interesa nada ni tu dinero ni tu estilo de vida. Y si sigues acusándome de cuidar de Danny por una recompensa económica seré yo quien te lleve a los tribunales por difamación.

–¿Por qué no limpias la herida con un cepillo de raíz? –sugirió él entonces.

Lauren miró su muñeca y vio que estaba frotando la herida con demasiada fuerza.

–Deberías ponerte una venda –murmuró, cortada de repente.

–Y tú, *mia bella*, deberías ponerte algo de ropa –replicó Emiliano, atrayéndola hacia él.

–¡Suéltame!

–No hasta que hayamos llegado a algún tipo de acuerdo sobre Daniele.

Lauren intentó controlar el efecto que provocaba su proximidad, el olor de su colonia, la fuerza que latía bajo ese sofisticado y civilizado exterior.

–Ya te dije por teléfono hace unos días cuál era mi respuesta. Ahora, suéltame.

–¿Cuando tu pulso late bajo mis dedos como un tambor apache? Y tus ojos, *cara mia*, esos preciosos ojos que esa noche en Londres te traicionaron me dicen ahora que estamos hechos para ser amantes, por mucho que intentemos negarlo.

Podría haberse movido, pensó Lauren. Podría haberse apartado de él y Emiliano la habría soltado, pero sus ojos y su voz eran como una droga hipnótica. Se sentía paralizada de deseo mientras sus largos dedos tiraban suavemente del cinturón de la bata.

La seda cedió, la bata abierta revelando unas bragas minúsculas y las curvas de sus generosos pechos.

–Sabes muy bien que no debes poner a prueba mi resistencia, *cara* –la voz de Emiliano era como una caricia–. O la tuya.

Lauren no había querido aquello, pero cuando le pasó un brazo por la cintura y se apoderó de sus labios, sintió que se derretía de deseo.

Odiaba a aquel hombre. ¿Por qué entonces dejaba que la besara de esa forma?

El calor de su cuerpo, que atravesaba la camisa de seda, y el roce de su áspera mandíbula hacían que perdiese la cabeza.

Lo único que sabía era que deseaba aquello. Lo deseaba a él. Allí, en ese momento. Daba igual que la avergonzase o saber que después se sentiría degradada.

Cuando abrió la bata y empezó a acariciar sus erguidos pezones no pudo hacer nada más que arquearse hacia él.

—Eres tan preciosa... –dijo Emiliano con voz ronca, besando el lóbulo de su oreja y bajando después por la barbilla, el cuello, la sensible clavícula.

Cuando inclinó la cabeza para rozar un pezón con los labios, Lauren dejó escapar un gemido de puro placer.

—Te odio –murmuró. Apenas era un susurro, pero era importante que él lo supiera.

Emiliano levantó la cabeza.

—¿Y ese odio hace que esto sea aceptable?

¿Era así? No, en absoluto. Era autocomplaciente, totalmente absurdo e incluso inmoral.

Su voz, temblorosa, no parecía la suya cuando consiguió decir:

—Nada de lo que haga contigo podría ser aceptable.

—Y por eso es tan excitante, ¿verdad, *cara mia*? El hecho de que los dos queramos hacerlo a pesar de nosotros mismos.

—Yo... no te deseo –Lauren apenas podía hablar.

Emiliano se apartó entonces.

—No, claro que no –asintió, con un tono cargado de burla.

Estaba mirando las hinchadas aureolas de sus pechos y, a toda prisa, Lauren cerró la bata. No tenía que mirarlo para saber que estaba excitado. Había sentido su erección cuando se apretó contra ella y pensar en eso provocó un cosquilleo irresistible entre sus piernas.

–Muy bien, soy humana, pero no te hagas el listo.

–¿Cómo?

–Eres rico y poderoso y tampoco eres feo. ¿No es esa una combinación irresistible para una mujer?

–Supongo que depende de la mujer.

–Como dijiste en Londres, puedes sentirte cautivado por alguien sin que te guste. Y una mujer puede acostarse con un hombre sin que eso signifique nada más que una relación física.

Él esbozó una sonrisa irónica. Estaba claro que tenía tantos problemas como ella para controlarse.

–Qué moderna –murmuró–. En ese caso, mi proposición te parecerá más atractiva de lo que yo había imaginado.

–¿Qué proposición?

No sabía qué tenía en mente, pero estaba segura de que no iba a gustarle.

–Que me permitas llevarme a Daniele durante un mes, pero con una nueva condición.

–¿Qué condición?

–Que tú nos acompañes.

¡Tenía que estar de broma!

–¿Por qué razón? –le preguntó.

–Porque el niño no me conoce y será más feliz si tú estás a su lado.

Lauren lo miró, recelosa.

–¿Y qué consigues tú con eso?

–No te pongas tan estirada. Podríamos haber tenido una conversación totalmente diferente... ahí arriba –dijo Emiliano, señalando el segundo piso donde, sin duda, estarían las habitaciones– si no hubiéramos parado a tiempo. Está claro que los dos queremos repetir lo que ocurrió hace dos años, aunque, como tú misma has dicho, no nos gustemos. Y eso, además de conocer a Daniele y viceversa, me parece la solución perfecta.

Lo sería, pensó Lauren, sintiendo un escalofrío por la espina dorsal.

¿Cómo podía desearlo tanto, se preguntó, cuando él seguía despreciándola? Porque, a pesar de todo lo que había dicho, ella no creía que una mujer pudiera entregarse a un hombre sin que entre ellos hubiera algo más que deseo físico. Al menos, ella no podía hacerlo.

–¿Y si yo no permitiera que te llevases a Danny, conmigo o sin mí?

–Tú sabes muy bien cuál es la respuesta a esa pregunta –respondió él–. No me pongas a prueba.

Lucharía contra ella en los tribunales, eso era lo que estaba diciendo. Una lucha que, Lauren lo sabía bien, ella tenía muchas posibilidades de perder.

–No quiero hacerte daño –siguió Emiliano–. Pero, si te niegas, no me dejarás otra alternativa.

–¿Entonces no tengo elección?

Él enarcó una ceja.

Podría destrozarla si quisiera y seguramente quería hacerlo, pero en lugar de eso estaba ofreciéndole el éxtasis a cambio de no quitarle a Danny. Éxtasis... y degradación cuando todo hubiese terminado.

–Muy bien, acompañaré a mi sobrino –dijo por fin, con voz temblorosa–. Para cuidar de él y para comprobar que todo lo que hagas sea en su interés. Pero, si crees que tú y yo vamos a retomar lo que dejamos en Londres hace dos años, estás muy equivocado. No voy a ser un juguete para ti, Emiliano. Ni ahora ni en el futuro.

Decir eso era absurdo porque, como él mismo había dicho, si las cosas hubieran seguido su curso natural, estarían en la cama, haciendo todo tipo de cosas íntimas.

–Me pondré en contacto contigo en un par de días –se despidió Emiliano, tomando la chaqueta del respaldo de la silla.

Mientras escuchaba el rugido del poderoso coche, Lauren, desconcertada por la proposición y por haber aceptado acompañarlo, se dio cuenta de que ni siquiera se le había ocurrido preguntar dónde iban.

Capítulo 4

EN EL jardín de la mansión caribeña, mirando a la joven que jugaba con el niño a la orilla del mar, Emiliano no podía creer su suerte.

No había esperado que Lauren aceptase tan fácilmente cuando insistió en que lo acompañase a la isla con Daniele, o Danny como lo llamaba ella.

Bueno, en realidad, no le había dado opción. De otro modo, no estaría allí. Pero desde el momento en que abrió su bata y comprobó que el deseo seguía allí, había sido imperativo que fuese con él.

Emiliano miró el biquini azul pálido que no podía esconder su preciosa figura de guitarra. El pelo rojo, sujeto en un moño alto, destacaba su largo cuello y su espalda, ligeramente bronceada por el sol caribeño.

La vio inclinarse hacia el niño y tomar lo que le ofrecía, probablemente una caracola. Y la oyó decir algo, riendo mientras apartaba el pelito de su cara.

Los dos querían a Daniele, pensó Emiliano, pero no podían tenerlo sin que el niño sufriera.

Cuando fue a verla a la granja por primera vez había pensado que le entregaría a su sobrino sin hacer preguntas si el precio era el adecuado. Lo que no había esperado era encontrar una chica normal, con valores, nada que ver con la vampiresa a la que había conocido en la boda de su hermano.

Y eso hizo que empezara a preguntarse si tal vez la había juzgado mal.

Le llegó el sonido de su risa mientras corría tras el niño por la arena rosada. De repente, se inclinó para tomarlo en brazos y Danny soltó una carcajada infantil, poniendo inocentemente las manitas sobre sus pechos, que casi se salían de las copas del biquini.

Lauren se giró para señalar una motora que cruzaba el mar en ese momento y ver esas preciosas nalgas, desnudas salvo por el triángulo de tela azul, hizo que su anatomía masculina enviase un claro y bochornoso mensaje: tenía que estar a solas con ella y lo antes posible.

Unos minutos después, Lauren corría tras el niño por la playa, pero lo sujetó cuando iba a subir los escalones que llevaban al porche.

–Ten cuidado, cariño –murmuró, tomándolo en brazos y dejándolo en el suelo cuando llegaron arriba para que corriese hacia su tío.

–*Buongiorno, piccolo* –lo saludó. El niño se agarraba a su pantalón corto, enseñando sus dientecitos de bebé en una preciosa sonrisa, y se inclinó hacia delante para tomarlo en brazos–. ¿Tu tía te ha hecho correr por la playa? ¿Ah, sí? –Emiliano sonrió cuando el niño asintió con la cabecita–. *Buon cielo!* ¿Quieres que le dé unos azotes?

–Tal vez ella no quiera unos azotes –dijo Lauren. Pero había un temblor en su voz y se había puesto colorada.

–¿Desde cuándo el castigo tiene que ver con lo que uno quiera? –bromeó Emiliano.

–¿Es para eso para lo que me has traído aquí? ¿Para castigarme?

–Si fuera así, soy yo quien está siendo castigado.

Lauren frunció el ceño cuando, involuntariamente, su mirada se clavó en la tela caqui de su pantalón.

–Ah –murmuró.

Lo había entendido y Emiliano detectó un temblor en su voz. Y esa tensión que hacía que las aletas de su nariz se dilatasen ligeramente...

No parecía saber lo provocativa que estaba con las manos en las caderas, el biquini apretando sus hermosos pechos.

O tal vez sí lo sabía.

Si hubieran estado solos, la habría sentado sobre sus rodillas, disfrutando de su grito de sorpresa y deseo, mientras la besaba hasta dejarla sin aliento. Si fuera un machista anticuado, fantaseó, que no lo era ni lo había sido nunca, al menos la tendría entre sus brazos.

Sabiendo que no debería pensar esas cosas, especialmente teniendo a Daniele allí, Emiliano dejó al niño en el suelo y le hizo un gesto a Constance, el ama de llaves caribeña, que estaba a punto de entrar en la casa.

–¿Te importaría llevarte a este hombrecito para que se eche la siesta? –le preguntó, mirando indulgentemente al niño.

–Ahora mismo –respondió la mujer.

–*Grazie*.

La palabra salía de su boca como la miel y su sonrisa podría haber derretido el corazón de cualquier mujer, pensó Lauren.

–Apenas lo he visto –se quejó Emiliano mientras Constance entraba en la casa con el niño.

Una casa blanca de diseño exclusivo, con paredes cubiertas de buganvillas en medio de un paisaje tropical y hasta una playa privada solo accesible desde el mar o por avión. La discreta elegancia y simplicidad del interior habían sorprendido a Lauren cuando llegaron el día anterior en un jet privado. Había imaginado que Emiliano tendría una casa llamativa, lujosa, como los hoteles llenos de famosos a los que solía ir su hermano.

–No, es verdad –asintió.

Emiliano la miró. ¿Había una nota de desaprobación en su voz o era su propia conciencia diciéndole que debería haberse preocupado antes de Danny?

–Le envié regalos, pero eso no es suficiente.

–¿Le enviaste regalos? –exclamó ella–. Nosotros no hemos recibido ningún regalo. ¿Qué enviaste?

–Un camión, una moto grande para que montase en ella, un oso de peluche...

Lauren no podía imaginarlo haciendo algo tan trivial como elegir regalos para un niño.

—No hemos recibido nada.

—Se los entregué a Angelo y él me dijo que se los daría a Daniele.

—Pues no lo hizo.

Emiliano frunció el ceño. Su reciente inspección a la situación económica de Angelo le había demostrado que no pagaba la pensión del niño. No podía entender por qué su hermano se había portado así con su hijo.

—¿Por qué no me contaste que Angelo ni siquiera le pasaba una pensión? ¿Por qué no la reclamaste?

—Porque Angelo no quería saber nada de Danny, ya te lo expliqué. Lo invité a la granja un par de veces, pero no aceptó la invitación y decidí que, si no quería saber nada de nosotros, entonces nosotros no queríamos nada de él. Ni de ti.

En otras palabras, que era demasiado independiente como para pedir nada. Emiliano estaba empezando a verlo. Y también se veía forzado a aceptar que la había juzgado mal dos años antes al pensar que era una oportunista como su hermana. No se parecía en nada a Vikki Westwood, a quien había calado en cuanto su hermano se la presentó porque la había visto flirtear con unos y con otros.

—Ya veo —murmuró.

—¿Eso significa que ahora me crees?

—Lo que significa es que no entiendo cómo has podido dejar que mi hermano se portase tan mal con Daniele. Y te lo repito: ¿por qué no acudiste a mí?

—¿Después de haberme acusado de acostarme

contigo por tu dinero? Además, tu hermano lo habría negado todo.

–Yo no lo creo.

–¿Ah, no?

–No, bueno, me habría dicho que me metiera en
mis asuntos –aclaró Emiliano.

¿No era eso lo que Angelo hacía siempre que lo
cuestionaba sobre algo que le resultaba incómodo?
Por no trabajar en la compañía, por beber demasiado, por cómo trataba a las mujeres. Por Daniele.

–Tal vez yo debería hacer lo mismo –dijo Lauren
entonces–. Que haya venido aquí con mi sobrino no
significa que haya aceptado que nadie más cuide de
él.

–¿Crees que Daniele no es asunto mío?

–Acepto que es tu sobrino, pero yo soy su tutora
legal. Me parece bien que Constance lo atienda,
pero en el futuro seré yo quien lo bañe y lo lleve a
la cama como he hecho siempre.

–Si eso es lo que quieres...

–No tienes que darme permiso, Emiliano.

–Muy bien, de acuerdo. Solo había pensado que
te vendría bien un respiro.

Sabía que tenía razón, necesitaba un respiro.
Pero Lauren era protectora y posesiva con Daniele
porque había cuidado de él desde muy pequeño y
tal vez debería darle una oportunidad.

–Es importante que te relajes de vez en cuando
–siguió–. Algo que seguramente no has hecho en el

último año, ¿verdad? Cuidar sola de un niño no puede ser fácil.

–No, no lo es –asintió ella–. Gracias.

–En ese caso... –Emiliano se quitó la camiseta, dejando al descubierto un torso bronceado cubierto de un suave vello oscuro–. Vamos a pasarlo bien. ¡Venga!

Antes de que Lauren se diera cuenta de lo que estaba pasando, él tiraba de su mano para llevarla hacia los escalones que daban a la playa.

–¡Oye, espera! –gritó, sin aliento–. No puedo correr tan rápido como tú.

–No, claro. Perdona, no me daba cuenta –Emiliano se detuvo de golpe y Lauren tuvo que agarrarse a él para no perder el equilibrio. Contuvo el aliento cuando sus dedos rozaron el viril torso...

–¿Estás tocándome? –bromeó él–. Pensé que eso iba contra las reglas.

–¿Es que hay reglas? –la voz de Lauren sonaba temblorosa–. Aparte de las que tú impones, claro. Además, si las hubiera, tú te las saltarías.

–¿Me tienes miedo?

–No –respondió ella, demasiado rápido porque no era cierto. O al menos, tenía miedo del dolor que podría causarle si intentaba arrebatarle a su sobrino.

Pero era de ella misma de quien tenía miedo en ese momento. De su respuesta a la proximidad de Emiliano, que aceleraba su corazón como nadie.

–¡Santo cielo! Creo que ahora mismo, *mia bella*, los dos necesitamos refrescarnos un poco.

La tomó en brazos de manera tan inesperada que Lauren dejó escapar un grito de sorpresa.

–¡Déjame en el suelo!

–Pensé que habías dicho que nada de reglas.

–Las hay –dijo Lauren, asustada.

–Y, como tú misma has dicho, me las estoy saltando.

–Por favor, no me tires al agua.

–Ni se me ocurriría.

–Si lo haces, lo lamentarás –lo amenazó Lauren.

–Qué carácter –Emiliano rio–. ¿Y qué harías para que lo lamentase, *cara mia*?

–No te atrevas, lo digo en serio.

–¿Qué te pasa? ¿Es que no sabes nadar?

–Me da miedo el mar.

Emiliano seguía riendo.

–Y yo pensando que eras una mujer capaz de cualquier cosa.

–Lo soy –dijo Lauren–. Pero mis tácticas de supervivencia no incluyen nada relativo al mar. Vamos, suéltame. Venga, matón, no serás capaz...

Pero sí lo fue. Se llevó una sorpresa cuando la tiró al agua, pero al ver las firmes piernas plantadas en la arena del fondo, tiró de ellas, haciendo que Emiliano perdiese el equilibrio y cayese hacia atrás.

–¡Ya te advertí que lo lamentarías!

Estaba nadando hacia la orilla cuando lo oyó dando brazadas tras ella.

–Entonces sabes nadar, ¿eh?

Había una promesa de venganza en su tono mientras se ponía en pie para correr tras ella. Lauren pensó que debía haberla visto nadando en la piscina esa mañana. De no ser así, no la habría tirado al agua.

—Pues claro que sé nadar.

—Será mejor que me esperes, *cara*, porque no pienso marcharme.

¿Estaba de broma?

Cuando llegó a la orilla, corrió por la playa hacia las palmeras, la arena mojada acariciando sus pies.

Pero Emiliano había llegado a su lado y, de repente, Lauren se sintió poco vestida para ese juego.

—Estás empapado —murmuró, temblando de emoción al ver un brillo decidido en sus ojos.

—Me pregunto por qué.

—Te lo mereces por bruto.

Él soltó una carcajada.

—¿De verdad lo crees?

—Pues claro. Tú me has tirado al agua y yo he hecho lo mismo. ¿Qué esperabas, una disculpa?

—Demasiado tarde.

—Nunca es demasiado tarde —Lauren levantó las manos en un gesto de defensa cuando se acercó—. Lo lamentarás —le prometió, luchando contra la excitación que recorría su cuerpo.

—No lo creo —dijo él, burlón—. Tú sabes, *mia cara*, que hemos hecho esto antes.

Pero no deberían, pensó ella, lanzando un grito cuando pisó una piedra y cayó de espaldas.

—Ya te tengo.

–Muy bien –Lauren se apoyó en un codo para mirarlo con expresión retadora–. ¿Qué propones que hagamos ahora?

Los ojos oscuros se clavaron en sus pechos, acentuados por la provocativa pose.

–Algo que tú has querido hacer desde el momento en que me viste bajar del coche en tu granja. Algo que no hemos podido olvidar desde que nos conocimos en Londres.

Emiliano se inclinó sobre ella, las venas de sus poderosos bíceps marcadas mientras intentaba controlar su peso para no tocarla.

La promesa de toda esa fuerza masculina hacía que le diese vueltas la cabeza. Intentaba apartarse, invitándolo al mismo tiempo sin darse cuenta. O tal vez sí se daba cuenta.

Lauren dejó escapar una exclamación cuando Emiliano rozó sus labios.

–Eres un canalla.

–Y a ti te gusta.

¿Era verdad? ¿Estaba tan enferma que encontraba placer en un hombre que la despreciaba?

–No es verdad –musitó.

–Pero te gusta esto –susurró Emiliano, su aliento como una caricia– y esto –dijo luego, rozando la sensible zona de su clavícula con los dientes–. Recuerdo bien el lenguaje de tu cuerpo después de esas horas en la cama, *carissima*, y me estás rogando que haga esto...

Cuando tiró del sujetador del biquini, un gemido escapó de su garganta.

–Abre los ojos.

A regañadientes, Lauren obedeció.

Sus pechos estaban hinchados, las aureolas marcadas. Emiliano vio cómo cerraba los ojos y fruncía la frente en un gesto de placer mientras acariciaba los sensibles pezones.

El deseo, fiero, incontenible, enviaba una punzada ardiente hasta el centro de su feminidad.

Parecía una venganza de la naturaleza, pensó Lauren, que aquel hombre que no podía gustarle fuese capaz de excitarla con un simple roce y someterla a su voluntad.

–Emiliano...

El tono de rendición era música para sus oídos.

Emiliano bajó la cabeza para apoderarse de sus labios y, dejando escapar un gemido de satisfacción, ella abrió la boca para permitir que el beso fuera más profundo, agarrándose a su pelo mojado, sus alientos mezclándose, sus lenguas bailando un baile tan antiguo como el tiempo.

Estaba ardiendo, el peso de su cuerpo provocando un placer erótico que la anclaba a la arena.

El torso masculino aplastaba sus pechos y los duros muslos abrieron los suyos en un gesto posesivo, la formidable erección rozando el húmedo triángulo del biquini, haciendo que Lauren empujase la pelvis hacia arriba para buscar la intimidad que necesitaba.

Era suya y Emiliano lo sabía. Esclava del deseo

que sentía por aquel hombre a pesar de sus desdeñosos comentarios y de la vergüenza y humillación con las que había tenido que lidiar después de hacer el amor con él.

Pero daba igual. Mientras levantaba sus pechos con las manos para chupar los erguidos pezones por turnos, ella se movía como una ninfa salvaje, lujuriosa y totalmente abandonada.

–Tu cuerpo está hecho para el amor –la voz de Emiliano sonaba ronca de deseo–. Pero no por cualquiera –añadió, tirando de sus pezones con los labios antes de apartarse–. Solo para mí. Los dos reconocimos eso en cuanto nos besamos por primera vez, ¿verdad que sí, *mia bella*?

Suspirando, Lauren arqueó la espalda, incapaz de apartarse de aquella exquisita tortura.

Era su juguete, nada más. Ella era una mujer independiente, pero en aquel momento su cuerpo la controlaba y lo único que quería era que se tumbase con ella, que jugase con ella. Después de admitir eso, Lauren levantó los brazos sobre su cabeza en un gesto de capitulación.

Y, de inmediato, Emiliano metió las manos bajo sus nalgas para empujarla hacia la evidencia de su deseo.

Estaba caliente, ardiente, duro. Tan duro como ella suave y preparada para él. Solo quedaba la barrera del biquini y Emiliano la haría suya. Solo unos segundos más y...

No llevaba preservativo.

Ese pensamiento la sacó del estupor sensual en que se encontraba y la hizo notar algo más: el llanto de un niño.

¡Danny!

Estaba llorando a todo pulmón y Lauren se levantó de un salto.

–¡Tengo que irme!

–No le gusta que lo bañen –dijo Emiliano, recordándole que había mencionado la aversión de Danny al baño mientras iban en el avión.

–No es ese tipo de llanto. Le ocurre algo, tengo que irme.

Apartarse de Emiliano era tan frustrante que le dolía todo el cuerpo, pero eso no era nada comparado con la angustia que sentía mientras corría hacia la casa.

Sabía que él necesitaría un minuto para recomponerse antes de seguirla, pero llegó a su lado cuando estaba subiendo los escalones del jardín y los dos miraron a Constance, que había salido corriendo al porche.

–Señor Cannavaro, iba a buscarlo. El niño está inconsolable. He intentado meterlo en la cama, pero no deja de llamar a la señorita Westwood. Pensé que a lo mejor le había picado un insecto, pero no creo que sea eso.

Preocupada, Lauren entró corriendo en la habitación, donde una joven criada intentaba calmar al niño, pero Danny no dejaba de llorar.

Con la carita roja y dos lagrimones rodando por

sus mejillas, al ver a Lauren alargó los bracitos hacia ella.

–No pasa nada, cariño. Estoy aquí, mamá está aquí.

No sabía por qué había dicho eso. Era su propia decisión que Danny la llamase «tía Lauren» desde el momento en que empezó a hablar por temor a estar traicionando a Vikki, ocupando su lugar.

Pero tal vez había sido una forma de protegerse, pensó mientras abrazaba el convulso cuerpecillo. Afortunadamente, Danny había dejado de gritar y sollozaba suavemente sobre su pecho.

–¿Le ha picado un insecto?

Se había olvidado de Emiliano, que miraba la escena por encima de su hombro. Y también él parecía preocupado.

–No, creo que no –murmuró.

–¿Cómo puedes estar segura?

–No habría dejado de llorar si le hubiera picado un insecto. No, lo que pasa es que no está acostumbrado a que nadie más que yo lo meta en la camita, ¿verdad, cariño?

Emiliano relajó un poco los hombros; unos hombros que eran como satén bajo sus dedos...

Avergonzada, pensó que habían estado a punto de hacer el amor en la playa, donde cualquiera podría haberlos visto, si no hubieran sido tan fortuitamente interrumpidos.

Y sin protección, se recordó a sí misma, pensando que Emiliano nunca había sido tan temerario.

Se preguntó entonces si, llegado el momento, alguno de los dos habría sido capaz de parar.

¿Lo habría pensado Emiliano?, se preguntó. ¿O tal vez creía que tomaba la píldora?

No podía mirarlo a los ojos mientras mecía al niño, que empezaba a quedarse dormido sobre su hombro.

¿Estaría pensando en lo que habían hecho en la playa? ¿Lamentando la interrupción? ¿O simplemente aliviado al saber que su sobrino estaba bien?

Fuera cual fuera la respuesta, Lauren decidió olvidar lo que había pasado en la playa.

—Esto es lo que significa ser padre.

De repente, él bajó la mirada y sus facciones se convirtieron en una máscara inescrutable.

Tal vez no le gustaba reconocer cuánto la necesitaba Danny, pensó mientras Emiliano se daba la vuelta para salir de la habitación.

Capítulo 5

DURANTE los días siguientes, Lauren empezó a entender el significado de la frase «paraíso tropical». No era solo el color aguamarina del mar o el bosque de palmeras que rodeaba la casa, sino el ambiente, el sol, la deliciosa brisa.

Aquel día habían hecho una barbacoa en la playa y Emiliano, con Danny en brazos, señalaba los pelícanos, que se lanzaban al agua buscando peces, a veces tres de ellos al mismo tiempo, mientras el niño reía, encantado.

De vez en cuando, Emiliano iba al centro para atender algún asunto local y, con Danny durmiendo la siesta, Lauren se quedaba sola, disfrutando de la paz del jardín, tomando el sol en el patio de su lujosa habitación, leyendo un libro o, sencillamente, escuchando el ruido de las olas que rompían en la playa privada.

Lo único que evitaba el total disfrute de esas vacaciones era la atracción que había entre Emiliano y ella.

–Sé que habías pensado que al venir aquí consentía en retomar lo que ocurrió entre nosotros hace dos años, pero no es así –le dijo un día, mientras ponía crema en la espalda de Danny–. Eso no ayudaría nada. De hecho, solo complicaría la situación, así que tendremos que controlarnos.

Emiliano la miró con expresión escéptica.

–¿Crees que podremos?

Tenía razón. ¿Cómo iban a controlarse? Solo tenía que estar a un metro de ella para que su cuerpo se encendiera. Estaba tensa a todas horas, incómoda...

Como la mañana en que bajó al salón y lo encontró con un pie sobre el alféizar de la ventana, mirando el mar mientras hablaba con alguien por el móvil.

–Ah, lo siento –aunque entre ellos había habido todo tipo de intimidad, Lauren sabía que no había sitio para ella en su vida privada o en sus asuntos de trabajo y se dio la vuelta.

Pero, al verla, Emiliano le hizo un gesto con la mano.

–Gracias –lo oyó decir–. Será un honor decir unas palabras en la ceremonia de inauguración.

Seguramente acababa de hacer muy feliz a algún concejal de la isla.

–Eres muy popular con la gente de aquí –observó Lauren cuando cortó la comunicación–. Constance me ha dicho que incluso han puesto tu nombre a un ala del hospital.

Por financiar el necesario equipo médico, le había contado orgullosamente el ama de llaves, para que la gente de la isla no tuviese que viajar a la isla principal para recibir asistencia médica.

–Sí, pero ha sido una empresa conjunta. No lo he hecho yo solo. Colaboraron muchos miembros de la comunidad, yo lo único que hice fue ofrecer un cheque.

Lauren había descubierto gracias a Internet lo generoso que había sido... de hecho, lo generoso que solía ser con diferentes causas. Estaba empezando a darse cuenta de que aquel hombre era más complejo de lo que pensaba.

–Pensé que te gustaría ver esto. Cuando no estés ocupado –le dijo, ofreciéndole un álbum de fotografías.

–«Nuestro niño» –leyó Emiliano en voz alta, haciendo una mueca.

–Lo compré para Vikki y Angelo, pero se separaron antes de que pudiese dárselo. Todos los niños tienen álbumes de fotografías y no quería que Danny se lo perdiera, así que he puesto aquí sus fotos.

Emiliano empezó a pasar las páginas, deteniéndose cuando una fotografía en particular llamaba su atención.

Lauren no podía dejar de notar el contraste entre las páginas blancas y sus manos morenas de uñas limpias y bien cortadas, los dedos largos y bronceados.

–Hay muchas fotos –murmuró–. Debería estarte agradecido.

¿Cuando le entregase a Danny?

Lauren sintió miedo y ese miedo la hizo replicar:

–No lo he hecho para ti. Lamentablemente, Vikki

y Angelo no se molestaron y alguien tenía que hacerlo por Danny.

–¿Por qué cada vez que hablamos de mi sobrino te pones a la defensiva?

–Tal vez porque también es *mi sobrino*, el niño del que he cuidado desde que mi hermana murió.

–Pero también es mi sobrino y creo haber dejado claro que algún día me gustaría adoptarlo.

–¡Por encima de mi cadáver! –exclamó Lauren.

–No creo que hagan falta acciones tan drásticas. Aparte de eso, prefiero tu cuerpo tal y como es ahora mismo.

–Eso no tiene gracia, Emiliano.

–No, es verdad –asintió él, poniéndose serio de repente–. Por favor, Lauren, intenta ver las cosas con lógica. Todo niño necesita un padre.

–No más que una madre.

–Eso es discutible.

–Cualquier juez me daría la razón.

–¿No entiendes que solo quiero lo mejor para Daniele?

–¿Y crees que yo no?

–Sé que lo quieres mucho, ¿pero no sería más justo darle lo que es suyo?

–¿A qué te refieres?

–A una posición social que tú nunca podrías darle.

Lauren tuvo que hacer un esfuerzo para contener la emoción. ¿Estaba siendo injusta y egoísta al negarle al hijo de Vikki los privilegios que disfrutaba la familia Cannavaro?

–Tú también tendrías que cuidar solo de él y eres un hombre.

Pero qué hombre, pensó.

–Sí, pero con una corte de ayudantes y niñeras que yo sí puedo pagar.

–¿Y crees que ayudantes y niñeras podrían darle a Danny el amor que necesita un niño? –exclamó Lauren, atónita–. ¿Crees que ellos podrían evitar que llorase cada noche porque lo han apartado de la única familia que conoce? ¡No! –exclamó cuando Emiliano puso las manos sobre sus hombros–. No vas a llevarme a tu terreno.

Si lo hacía, caería en la tentación y todo lo que había dicho sobre controlarse quedaría en nada porque ella sabía que era demasiado débil para resistirse.

Emiliano dejó caer los brazos.

–Esto no nos lleva a ningún sitio.

–No, es cierto –asintió ella.

–No quiero pelearme contigo. Pelearse es una pérdida de tiempo.

–Entonces, no lo hagas –a punto de ponerse a llorar, Lauren salió del salón para que no viera lo derrotada que se sentía.

Emiliano se llevaba muy bien con el niño, tuvo que reconocer durante las siguientes dos semanas. Parecía querer que Danny se convirtiera en un campeón de natación y la maravillaba lo paciente que era mientras le enseñaba a nadar, vigilándolo atentamente mientras el niño chapoteaba con unos manguitos en los brazos.

Dejaba que se le subiese a las barbas, que le tirase del pelo o se sentaba en el suelo con él para hacer construcciones sobre la alfombra, aunque Danny parecía mucho más feliz tirándolas.

El niño permitía que Emiliano y Constance lo metiesen en la cama, pero era a ella a quien llamaba cuando algo le dolía, se caía al suelo o no podía dormir. Entonces, solo Lauren podía darle el consuelo que necesitaba.

—Creo que te has ganado una noche de fiesta —dijo Emiliano una tarde, cuando por fin había conseguido que el niño se durmiera.

—Pensé que ibas a decir una medalla de honor —bromeó ella.

—Eso también. En fin, será mejor que te vayas a dormir, yo me quedaré aquí en caso de que despierte.

—No hace falta.

—Venga, vete —insistió Emiliano—. Pero mañana por la noche saldremos a cenar.

—¿Es una orden? —lo retó ella.

—No, una invitación.

Aún era de día mientras recorrían la carretera de la costa, una carretera estrecha flanqueada por colinas cubiertas de vegetación tropical, hasta un lujoso restaurante del puerto con un bar de estilo colonial en el centro. Las mesas y sillas estaban colocadas bajo altos árboles que los protegían del calor, con catamaranes, motoras y lujosos yates anclados a unos metros.

Tras ellos, el espectacular jardín estaba lleno de colores, desde el rojo y rosa de las buganvillas al púrpura o magenta de las azaleas, con el delicioso aroma del frangipani llenándolo todo.

Era un paraíso, desde luego.

Los cócteles de ron corrían como el agua, pero Lauren se negó a tomar un segundo al sentir el impacto del primero.

–Así está mejor –dijo él, cuando vio que empezaba a relajarse.

Habían terminado de cenar y Lauren fue a tomar el móvil, que había dejado sobre la mesa.

–No –dijo Emiliano, cubriendo su mano con la suya–. No le pasa nada, Lauren. De ser así, Constance habría llamado –añadió, sin apartar la mano de la suya–. ¿Sabes una cosa? Eres increíblemente guapa.

Lauren miró su magnifica estructura ósea y la increíble claridad de esos ojos oscuros. Y, sintiendo un escalofrío en la espina dorsal, tuvo que admitir:

–Tú también.

Él rio suavemente, sin decir nada.

El canto de los grillos y el zumbido de los insectos servía como acompañamiento a las luces de los yates, uno de los cuales, un barco enorme, había atracado mientras ellos cenaban.

Las velas colocadas en las ramas de los árboles iluminaban a las parejas sentadas a otras mesas y las duras facciones del hombre que estaba sentado frente a ella.

–Si tuviera una casa aquí, no me iría nunca –dijo Lauren.

–Por eso yo intento dividir mi tiempo entre mi casa en Italia y la isla –Emiliano se arrellanó en la silla–. Aunque seguramente pasaré más tiempo aquí a partir de ahora.

Dos semanas antes le había contado que acababa de comprar una arruinada empresa de cruceros con base en Florida y que estar en el Caribe significaba poder volar a Estados Unidos más rápidamente que desde Roma.

–Qué suerte.

–¿Debo entender que no lamentas haber venido?

¿Cómo iba a lamentarlo?, pensó Lauren. Aunque no iba a decirlo en voz alta porque no quería darle armas.

–¿Alguna vez has querido hacer algo que no fuese dirigir tu empresa? –le preguntó, para cambiar de tema.

–No, nunca.

–¿Nunca te lo has cuestionado siquiera?

–No, nunca –respondió él, sin dudar–. Soy el heredero de mi padre. Como el heredero al trono de tu país, me han educado para ese propósito.

–¿Y Angelo no era heredero? –le preguntó Lauren.

–No, mi hermano podía tomar el camino que quisiera en la vida.

Un camino de autodestrucción, pensó Lauren.

Y, por el brillo de sus ojos, estaba claro que Emiliano pensaba lo mismo.

–¿Angelo no estaba resentido?

–Sí, lo estaba.

–¿Pero fuisteis felices de niños?

Cuando se conocieron había dado a entender que su hermano y él no se llevaban bien. Eso explicaba que el testigo de Angelo en la boda hubiera sido su mejor amigo y no él. De hecho, Angelo hablaba de su hermano con cierto tono burlón, celoso y resentido. Aunque en público eran amables el uno con el otro, entre ellos había una tensión indudable. Como la había entre Emiliano y Claudette Cannavaro, su madrastra, una exmodelo francesa. Lauren la recordaba como una mujer distante, bellísima, pero con una belleza helada.

En lugar de responder, Emiliano le preguntó:

–¿Y tú, Lauren? ¿Tuviste una infancia feliz?

–Mucho –respondió ella.

–¿En la casa en la que vives ahora?

Lauren asintió con la cabeza. Ya le había contado que se había ido de Londres, donde había vivido durante más de un año, para volver a la granja con Danny. Fue entonces cuando empezó a alquilar los establos y cuando contrató a la intrépida Fiona.

–¿Y tenías algún sueño antes de verte forzada a ser tutora del hijo de tu hermana? Aparte de tu trabajo en el jardín botánico quiero decir.

Recordaba haber mencionado su trabajo en el

jardín botánico de Cumbria la noche en que se conocieron, pero no la razón por la que estaba en Londres, ni lo mucho que estudiaba por las noches y los fines de semana.

–Sí, lo tuve. Quería ser veterinaria.

–¿Y por qué no lo has hecho?

–Mis padres murieron durante el primer año de universidad, así que dejé los estudios.

–*Mamma mia!* No tenía ni idea.

–¿No sabías que mis padres hubieran muerto?

–No sabía que los hubieras perdido recientemente. Por alguna razón, pensé que habían muerto cuando eras pequeña.

–Supongo que Vikki se lo contaría a Angelo.

O tal vez no, pensó luego, recordando con pena que su hermana siempre se había sentido avergonzada de los humildes orígenes de sus padres.

–Mi hermano y yo no hablábamos a menudo –dijo Emiliano– y cuando lo hacíamos hablábamos poco. Me temo que Angelo y yo no teníamos mucho en común.

Eso era lo que Lauren había imaginado.

–Una pena.

–¿Qué hacían tus padres?

–Mi madre escribía horóscopos para una revista de astrología.

–¿En serio?

–Muy en serio. Creía en todo lo que escribía –Lauren sonrió, recordando con cariño a su dulce, a menudo distraída madre, que nunca se preocupaba de masiado por nada–. Era poco convencional en todo: en su forma de ver la vida, en su forma de vestir...

Tanto que su hermana y ella habían sido el objetivo de crueles bromas en el colegio, aunque a ella nunca le había importando tanto como a Vikki.

–¿Y tu padre?

–Era profesor. Bueno, profesor retirado. Se conocieron en la universidad.

–¿De qué era profesor?

–De ciencias naturales –Lauren sonrió–. Y tenía unas ideas rarísimas que nadie quería escuchar.

Emiliano sonrió.

–Parecen dos personajes muy interesantes.

–Lo eran.

–¿Qué pasó?

–Mi madre creía tener un ancestro con poderes místicos –Lauren suspiró–. Mi padre no creía en las cosas que escribía, pero la adoraba y la apoyaba en todo, de modo que hicieron un viaje por Sudamérica para buscar a su misterioso antecesor... en fin, nunca lo encontraron, pero contrajeron una enfermedad tropical y los perdí a los dos.

–Lo siento.

Ella hizo un gesto con la mano.

–En fin, así es la vida.

Emiliano se quedó un momento pensativo.

–¿Y qué edad tenías tú entonces?

–Dieciocho años.

–Así que dejaste tu carrera para cuidar de tu hermana que, supongo, estaría entonces en el instituto.

–Era mi obligación.

–No me lo contaste cuando nos conocimos –dijo Emiliano, con tono de reproche.

–¿Por qué iba a hacerlo?

No iba a contarle una historia tan triste a un hombre al que acababa de conocer para arruinar esas horas mágicas. No había querido hablar del pasado o de cosas que la entristecían y él no había pedido mucha información.

–¿Y nunca has pensado volver a la universidad?

Lauren se encogió de hombros.

–La verdad es que lo intenté durante un tiempo, pero entonces Vikki murió...

Él asintió con la cabeza.

–Sí, claro.

–En fin, ahora hay cosas más importantes en mi vida.

Como cuidar de su sobrino, pensó Emiliano, afectado por lo que le había contado, por los sacrificios que había hecho. Se preguntó entonces cuántas sorpresas más iba a darle aquella joven encantadora. De repente se daba cuenta de que no sabía nada sobre Lauren Westwood a pesar de la intimidad que habían compartido.

Lo único que había querido dos años antes, se dio cuenta entonces sintiéndose culpable, era acostarse con ella y tenerla en su cama el mayor tiempo posible. Y su libido había tocado techo al descubrir que ella quería hacer realidad su fantasía: perderse en ese glorioso cuerpo tanto como ella quería perderse en el suyo.

Ese día, cuando escuchó la conversación que mantenía con Vikki en el vestíbulo del hotel, pensó que era una cazafortunas. Había creído que su intención era acostarse con él por dinero y en la granja la acusó de monopolizar al hijo de su hermano...

Lo que no había esperado era encontrar a una chica que rescataba perros y estaba dispuesta a luchar a muerte por la custodia de un niño del que había tenido que hacerse responsable siendo tan joven.

Y, de repente, quería conocerla mejor, pensó, sorprendido de sí mismo.

Emiliano le hizo un gesto al camarero y, después para pagar la cuenta, se levantó.

–Vamos a dar un paseo.

–Muy bien.

Lauren era consciente de que todas las miradas femeninas estaban clavadas en el atractivo Emiliano mientras caminaban, sin tocarse, por el muelle.

Las luces colocadas sobre la estructura de madera titilaban, enviando distorsionados reflejos sobre el agua oscura, y el silencio era como un testigo burlón de la poderosa atracción que había entre ellos. Incapaz de soportar el nerviosismo, Lauren intentó controlarlo preguntando:

–¿Por qué no te llevabas bien con tu hermano?

Él frunció los labios, pensativo.

–Personalidades diferentes, diferentes temperamentos.

No estaba diciendo que Angelo Cannavaro fuese un mujeriego y un jugador para quien la vida era una diversión continua por respeto a la memoria de su hermano, aunque lo pensara.

–¿Se llevaba bien con tu madrastra?

–Angelo solo tenía ocho meses cuando mi padre se casó con Claudette y, como ella no podía tener hijos, siempre lo trató como si lo fuera.

–Quieres decir que le dio todos los caprichos.

–Más o menos.

–¿Y tú? –le preguntó Lauren.

–Yo tenía cinco años y era muy difícil para ella. Un niño intratable.

–Con mucha personalidad, seguro.

–Siempre.

–Pero no serías malo deliberadamente.

Emiliano se encogió de hombros.

–No lo sé.

–Supongo que perder a tu madre y tener que soportar a una madrastra no fue fácil para ti –Lauren recordaba haber leído en algún sitio que Marco Cannavaro había perdido a su primera esposa dos meses después del nacimiento de Angelo. Lo que no sabía era que había vuelto a casarse tan pronto–. ¿Te acuerdas de tu madre?

–Con sorprendente claridad –respondió Emiliano–. Cómo brillaba su pelo, su sonrisa, cómo olía. Y sí, mi padre tuvo una aventura extramarital y se casó con su amante, si eso es lo que estabas preguntándote.

–¿Cómo os trataba tu madrastra?

–A mi hermano, bien. A mí me mandaba a un internado durante el invierno y el verano lo pasaba con una prima de mi padre, una mujer muy seca y estricta.

–¿Y a tu padre no le importaba?

–Él solo quería hacer feliz a Claudette. Además, creía que eso me haría independiente y supongo que tenía razón, pero no ayudó a unir a la familia. Y Angelo... –Emiliano suspiró– al final no pude hacer más que ver cómo iba autodestruyéndose. ¿Imaginas cómo me hacía sentir eso?

–Sí, claro –respondió Lauren, con el corazón encogido.

Empezaba a entender lo que había dicho en la fiesta, cuando le contó que no podía llamarse «amigo de la familia exactamente».

En realidad no tenía familia, nadie a quien le importase de verdad.

–Te hace sentir inútil, como si hubieras fracasado.

Nunca habían hablado así, a corazón abierto, y su revelación hizo que Lauren le contase cosas que no le había contado a nadie.

–Vikki estaba enfadada con ellos por haberse marchado y tras su muerte reaccionó haciendo todo lo que no debía: salía hasta muy tarde con gente horrible, bebía, tomaba drogas... ya sabes. Al final, no podía razonar con ella, no podía hacer nada y la dejé ir. Tal vez, si me hubiera interesado más, no habría olvidado los valores que mis padres nos habían inculcado. Si hubiera hecho algo más...

–No –la interrumpió Emiliano, deteniéndose para apretar su mano–. Entonces eras una cría y tuviste que hacerte cargo de una adolescente. No tenías edad para ser la madre de nadie. A los dieciocho años uno aún está aprendiendo a hacerse responsable de sí mismo.

–Sí, es verdad.

–Dices que dejaste la universidad y luego no pudiste volver porque tenías que cuidar de Daniele.

–Así es.

–Dos veces has tenido que interrumpir tu vida por tu hermana, así que, por favor, no renuncies a nada más y no te sientas culpable. Has criado estupendamente a nuestro sobrino, le has dado tantas cosas... –Emiliano pasó un dedo por su brazo en una sensual caricia–. Sé que no te gusta dejar que otra persona se haga cargo de su vida...

–¡Y no voy a hacerlo! –exclamó Lauren–. Tú no lo entiendes. ¿Cómo vas a entenderlo cuando no has tenido una familia? Yo he perdido todo lo que quería –las lágrimas asomaron a sus ojos, pero se negaba a llorar delante de él–. No puedo perder a Danny también. No voy a dártelo ni a ti ni a nadie, no voy a abandonarlo.

Apartó la mirada, avergonzada cuando las lágrimas empezaron a rodar por su rostro.

–Tal vez no lo había entendido, pero creo que estoy empezando a hacerlo –Emiliano suspiró pesadamente mientras tomaba su cara entre las manos.

Él era el enemigo, pensó. La única persona que podría destruir su mundo. Y, sin embargo, un simple roce de sus dedos tenía el poder de acelerar su pulso y, sin poder resistirse, volvió la cara hacia la palma de su mano.

Como si esa fuera la señal que había estado esperando, Emiliano la tomó por la cintura y la aplastó contra su cuerpo.

Los sonidos de la noche flotaban en el aire, la orquesta a lo lejos, el canto de los grillos, la risa de los clientes del restaurante...

Cuando Emiliano se apoderó de sus labios le devolvió el beso con todo el deseo que había guardado dentro desde aquella tarde en la playa, cuando habían estado a punto de hacer el amor. Y le daba igual lo que pasara o quién pudiese verlos.

Emiliano la acariciaba de un modo tan posesivo que se sentía débil. Quería más; lo deseaba como nunca había deseado a un hombre en toda su vida.

Quería resistirse, pero no sabía cómo hacerlo.

–Vamos a la cama –susurró él.

Y Lauren supo que estaba perdida.

Capítulo 6

DÓNDE vamos? –preguntó Lauren mientras volvían por el muelle–. El coche está allí –le recordó, señalando el aparcamiento del restaurante.

–Mi casa está a una hora de aquí –respondió Emiliano–. Pero no creo que ninguno de los dos pueda esperar tanto tiempo.

Ella lo miró, intentando contener su emoción.

La música del restaurante iba quedando atrás; el único sonido el ruido de sus chanclas, los pasos de Emiliano y el crujido de los barcos anclados en el puerto.

–¿Dónde vamos? –volvió a preguntar cuando subieron a una lancha.

–A la cama –respondió él mientras arrancaba el motor–. ¿Dónde si no?

El yate de proporciones gigantescas hacia el que se dirigían era el que había visto atracar mientras estaban cenando y se quedó boquiabierta cuando Emiliano detuvo la lancha frente a la escalerilla.

–¡Es tuyo! –exclamó.

Emiliano se dirigió a los dos miembros de la tripulación, con ajustadas camisetas negras y aspecto de jugadores de rugby, que habían aparecido en cubierta. Conversaba con ellos en su idioma mientras la ayudaba a subir a bordo. Ellos se encargaron de la lancha sin decir nada, como si todo estuviera ensayado.

–¿Te apetece beber algo? –le preguntó mientras la llevaba hacia el lujoso interior del yate.

«Solo un minuto para recuperarme», pensó Lauren, admirando la suave piel de los sofás, los muebles de pulida madera y las gruesas alfombras, que parecían tragársela.

–No, gracias.

–En ese caso... –cuando Emiliano señaló la escalera que debía de llevar a los camarotes, el pulso de Lauren se aceleró.

–Me siento como el botín de un pirata.

De hecho, era fácil imaginar ese oscuro rostro italiano marcado por el pillaje y su brillante torso desnudo mientras secuestraba a una doncella del infortunado barco que acababa de asaltar.

–Un pirata, ¿eh? –Emiliano sonrió mientras abría la puerta del que parecía el camarote principal–. ¿Es así como me ves?

Lauren suspiró ante la opulencia de la habitación. Todas las superficies brillaban como espejos, reflejando la suave luz de unos apliques colocados en las paredes forradas de madera. También allí había una gruesa alfombra de color crema pálido a juego con las cortinas y el edredón de seda en la cama de matrimonio.

¿Había planeado aquello? Si era así, no quería saberlo.

–Te veo peligroso –murmuró.

Emiliano rio.

–No sé si eso me gusta.

–No tiene por qué gustarte –dijo Lauren, con la boca seca cuando la puerta se cerró tras ella.

Estaba en su mundo, a solas con él, capturada e hipnotizada como la proverbial polilla consumida por la llama.

–¿Qué te parece? –Emiliano señaló alrededor.

En realidad, estaba abrumada por un estilo de vida con el que los meros mortales solo podían soñar.

–Cuando te llevas a un mujer a la cama, lo haces con estilo.

–Pues entonces ven –Emiliano le ofreció su mano, pero Lauren vaciló–. ¿Qué estás pensando? ¿Quieres saber con cuántas mujeres me he acostado en esta cama?

Ella se puso colorada porque eso era precisamente lo que estaba preguntándose.

–Ninguna –siguió él, sorprendiéndola con tal declaración–. Es un yate de la empresa que llevo a Barbados para una conferencia. Si estás buscando... en fin, muescas en el cabecero, te aseguro que no vas a encontrarlas.

Aliviada al saber eso, Lauren esbozó una tensa sonrisa.

Sin embargo, a pesar de lo que había dicho, no podía evitar pensar en todas esas otras mujeres, bellas y sofisticadas, con las que se habría acostado, si no allí, en otro sitio, cuando ella no había tenido siquiera una pequeña aventura desde su encuentro dos años antes. Y, de repente, temió decepcionarlo.

–Emiliano... –empezó a decir, sus ojos verdes cargados de anhelo.

–No digas nada –susurró él, acercándose.

Su cuerpo era como una roca a la que podía agarrarse mientras se dejaba llevar por una pasión cegadora, una pasión que compartían, y Lauren apretó su cuerpo contra el duro cuerpo masculino. Estaba tan cerca como para reconocer cada músculo...

Las manos de Emiliano se movían sobre su piel como si nunca pudiera cansarse mientras sus alientos se mezclaban en un ansioso beso que casi la hizo llorar por la intensidad del deseo.

–Tranquila –susurró Emiliano, apartándose un poco–. Tenemos toda la noche y quiero saborear cada momento, *cara mia*.

–No tomo la píldora.

–No importa. A menos, claro, que hayas decidido no acostarte conmigo. En ese caso, respetaré tus deseos y le pediré a mi tripulación que nos lleve a tierra.

Entonces la vería como una frívola o una persona insegura. Y no solía serlo salvo con él porque tenía miedo de resultar herida.

–No –dijo por fin, desesperada por ser como una

de esas mujeres sofisticadas a quienes no importaba saber que tarde o temprano tendrían que dejar su cama–. Quítate la ropa.

Él rio mientras tomaba su mano.

–¿Por qué no lo haces tú? –la invitó.

Había pronunciado antes esas palabras, cuando sugirió que limpiase su herida después de liberar a Brutus del alambre de espino. Y recordar cómo había aparecido de repente cuando más angustiada estaba, como un oscuro y exótico salvador en el verde paisaje de Cumbria, la llenó de una abrumadora emoción.

Pero nunca antes había desnudado a un hombre. Ni siquiera esa noche en Londres y, nerviosa, se pasó la lengua por los labios.

Intentando controlar el temblor de sus dedos, empezó a desabrochar los botones de la camisa, observando cómo su agitada respiración ensanchaba el bronceado torso.

–Lo has hecho antes –murmuró él.

Riendo, Lauren murmuró:

–Sí, claro, muchas veces.

Y supo por su sonrisa que no se había dejado engañar.

No importaba si la creía o no. Lo único que quería era complacerlo y que no supiera que no había habido nadie en su vida desde aquel encuentro inolvidable en Londres. Porque nadie la había hecho sentir como él.

Metiendo las manos bajo la camisa, deslizó la

tela por sus hombros... la piel caliente y satinada bajo sus dedos hizo que sintiera un escalofrío.

Un ronco gemido escapó de su garganta mientras presionaba los labios contra su torso, inhalando la fragancia masculina y esa otra, más personal, que era solo suya. Cada vez más desinhibida, pasó la lengua por su esternón, rozando primero un oscuro pezón y luego el otro.

–Creo que es justo decirte, cariño, que hay reglas en este camarote –Emiliano respiró profundamente–. Órdenes del capitán: lo que tú me hagas, *cara mia*, yo te lo haré a ti.

Una risa sensual escapó de su garganta. Ah, qué astuto.

Lauren inclinó la cabeza para volver a tomar un diminuto pezón entre los labios y él gimió de nuevo, con una mezcla de dolor y placer.

–No sabía que te gustara eso –susurró, sorprendida.

–¿Cómo no va a gustarme cualquier cosa que tú me...? –la frase de Emiliano terminó en un suspiro, los dedos enredados en su pelo.

El deseo la empujaba y siguió besando y chupando su torso. Su aroma y su sabor la excitaban tanto como la evidente tensión de sus músculos mientras lo recorría a besos, acariciando y explorando ese cuerpo sin una onza de grasa.

–Te lo he advertido –dijo él cuando empezó a bajar la cremallera de su pantalón, pero sin intentar detenerla.

–Eres asombroso –susurró Lauren cuando estuvo totalmente desnudo. Un enorme animal, un predador cómodo con su propia naturaleza, dominante y excitado.

Sus muslos, de músculos largos y fuertes, eran como granito recubierto de seda bajo sus dedos. Sabía ligeramente salado...

De repente, Emiliano contuvo el aliento como si fuera demasiado para él. Un segundo después, se apartó bruscamente de ella con los ojos cerrados, como intentando mantener el control.

–Ahora es mi turno –susurró, haciéndola gemir cuando la tomó en brazos como si fuese la doncella raptada que había imaginado antes–. No te preocupes, aquí nadie puede oírnos. Un pirata necesita privacidad cuando está saboreando su botín y yo voy a saborear el mío, *carissima*.

Su ardiente tono era excitante y se emocionó aún más cuando la dejó sobre la cama y se tumbó a su lado, con el pelo cayendo sobre la frente. Emiliano Cannavaro era a la vez un ser sofisticado y un animal salvaje... y la combinación de los dos era increíblemente apasionante.

Cerrando los ojos, Lauren lo acarició con las puntas de los dedos, disfrutando de su perfecta estructura ósea, de sus fuertes músculos cubiertos por una suave capa de vello oscuro. Hierro y acero cubiertos de terciopelo.

–Emiliano...

Lauren susurró su nombre mientras él pasaba las

manos por la tela de su vestido. No parecía tener ninguna prisa en desvestirla y se incorporó un poco para disfrutar del calor de sus manos sobre la cintura y la curva de sus caderas.

Pero cuando la tocó entre los mulos se movió convulsivamente hacia él, invitando el contacto, necesitándolo como una adicta.

Ignorando su silenciosa súplica, Emiliano deslizó los dedos por una sedosa pierna y luego por la otra, sin tocarla donde ella quería, atormentándola a propósito.

–Por favor... –musitó, rozando su espalda con las uñas–. Oh, Emiliano, por favor.

Estaba suplicándole que la hiciera suya, pensó él, su ego masculino hinchado como nunca.

–¿Qué quieres, *carissima*?

–Tú lo sabes muy bien –respondió Lauren, con una voz que no reconocía.

–Oh, esto...

Emiliano deslizó los tirantes del vestido por sus hombros y luego tiró hacia abajo de la prenda, dejando sus pechos desnudos al descubierto. Y ver cómo se agitaban mientras se incorporaba para recibir sus caricias lo quedó sin aliento.

–*Mia bella*...

Había tenido muchas mujeres bellas en su vida, pero nunca una tan absolutamente hipnotizadora o tan sensible a sus caricias. Sensible emocionalmente también, estaba empezando a pensar, preguntándose cómo podía haberse equivocado tanto sobre ella.

En el mundo de las altas finanzas en el que se movía no podía permitirse el lujo de cometer errores sobre el carácter de la gente y, sin embargo, lo había hecho con Lauren, pensó, desconcertado y avergonzado al mismo tiempo.

Pero ella estaba gimiendo de placer, ofreciéndole ese hermoso cuerpo para que lo hiciera suyo, como había hecho esa noche en Londres...

Se colocó sobre ella, sintiéndose como un rey más que como un pirata al ver que Lauren cerraba los ojos mientras acariciaba sus pechos, oyendo sus gemidos de placer cuando metió cada pezón en su boca.

Su piel era como la seda, pensó. Estaba lista para él y abría las piernas como las alas de una mariposa buscando el sol, pero había prometido dárselo todo y él era un hombre que nunca renegaba de sus promesas, aunque fuese un castigo cumplirlas, pensó, con una sonrisa de satisfacción.

Su respiración se volvió más agitada mientras deslizaba los labios sobre su plano abdomen, su vientre... y cuando encontró su parte más secreta con los labios, Lauren dejó escapar un gemido de puro gozo.

No era virgen la primera vez que se encontraron, pero su ardiente respuesta lo hacía sentir como si fuera el único hombre en el universo.

Debería ser solo suya, pensó. Y, de repente, no soportaba pensar en ningún otro hombre haciéndole el amor.

Durante ese momento absurdamente posesivo sintió el atávico deseo de dejarla embarazada. Dejar su marca en ella y verla crecer con su hijo, el hijo de los dos. La idea de entrar en ella sin protección para sentir cómo su ardiente carne lo abrazaba casi hizo que perdiese el control.

Pero ella no agradecería un comportamiento tan temerario. Tal vez no en ese momento, pensó, mientras los dos se movían empujados por el deseo, pero sí más tarde, cuando se diera cuenta de lo que habían hecho. Y de las implicaciones.

Además, tenían a Daniele y ya quería al niño como si fuera su propio hijo.

¿Cómo no iba a hacerlo cuando la sangre de su hermano corría por las venas del niño y lo ataba a Daniele tanto como a Lauren, conectada con él de manera irrevocable, quisiera aceptarlo ella o no?

Respirando con dificultad, la dejó con los ojos cerrados mientras se apartaba un poco para hacer lo que tenía que hacer. Luego abrió sus piernas con menos delicadeza de la que pretendía y se colocó entre ellas para enterrarse profundamente en su húmeda cueva.

Su grito de placer parecía un eco de su propio rugido mientras levantaba sus caderas para apretarla contra él todo lo posible.

Lauren llegó al orgasmo casi de inmediato, pero solo un segundo antes de que una última embestida lo hiciese derramar su semilla dentro de ella.

Temblando, cayó sobre su cuerpo, jadeando

mientras Lauren lo apretaba con cada contracción, sujetándolo allí, como si no quisiera dejarlo escapar.

Y él no quería escapar.

Estaba amaneciendo cuando el yate los llevó de vuelta a casa.

Emiliano le había prometido la noche anterior que volverían antes de que Daniele despertase y había cumplido su promesa.

Era un yate nuevo que había comprado en Florida durante su última visita, le había dicho.

—Entonces, lo tenías planeado —dijo Lauren, en la cubierta, mirando el sol que asomaba en el horizonte—. ¿Era parte de tu plan?

—Mi plan original era que trajeran el yate para ir a Barbados, pero no sabía que estuviera tan cerca de la isla hasta que el capitán me llamó para decir que estaban a punto de llegar.

—¿De verdad?

—Pensé que sería una bonita sorpresa hacer un pequeño crucero a la luz de las estrellas en lugar de volver a casa por carretera.

Así de sencillo, pensó Lauren, asombrada por lo fácil que resultaba todo cuando eras rico e influyente como Emiliano Cannavaro. Y, naturalmente, alguien se encargaría de ir a buscar el coche al restaurante.

—Que pasáramos la noche en el camarote ha sido un extra inesperado.

–Debo reconocer que ha sido una excursión particularmente agradable –Lauren rio, sintiendo un delicioso escalofrío entre las piernas, donde aún había recuerdos de su apasionado encuentro.

–Además, creo que anoche era yo quien estaba en peligro, *cara mia*. Es la primera vez en mi vida que una mujer me ordena que me quite la ropa.

–Ah, no sabía que estuvieras tan necesitado –bromeó ella–. De haberlo sabido habría sido mucho más aventurera.

–¿Intentando tentarme otra vez, *mia bella*? Tengo que llevar un yate de sesenta y cinco metros de eslora a la playa –le recordó.

–Eso lo hace el capitán.

–Yo tengo que darle indicaciones porque no conoce nuestro destino –respondió Emiliano–. Pero aún no hemos llegado –añadió, con un brillo travieso en los ojos– y eso significa que tendrás tiempo suficiente, *cara mia*, para demostrarme exactamente lo aventurera que puedes ser.

Era la primera vez que le daba carta blanca para darle placer sin intervención por su parte, pensó, tumbada a su lado en el lujoso camarote.

Sabiendo que era un hombre que siempre llevaba el control, Lauren disfrutó de su voluntaria y totalmente desinhibida rendición. Con los ojos cerrados, lo veía fruncir la frente en un gesto de tortura y éxtasis mientras lo liberaba de la tensión sexual de la forma más íntima y placentera posible.

Más tarde, entre sus brazos, con el pelo rojo sobre su torso, se estiró como una gata contenta.

–¿Ha sido lo bastante aventurero para ti? –susurró.

Emiliano, sin molestarse en abrir los ojos, sencillamente respondió:

–Es pronto para decirlo. Creo que tendremos que volver a probarlo en otra ocasión.

Riendo, Lauren pasó una mano por el suave vello de su torso. Era tan hermoso, pensó. Hacía el amor de manera apasionada y, sin embargo, con consideración, tomándose su tiempo para darle placer a ella antes de pensar en sí mismo y eso lo convertía en un amante excitante e increíble.

Se preguntó entonces cómo alguien con una infancia como la suya podía haberse convertido en un hombre tan equilibrado, atento y considerado. Por la noche le había contado que había perdido a todas las personas que le importaban de verdad, pero al menos ella se había sabido querida por sus padres mientras él...

Emiliano había perdido a su madre siendo muy joven y luego se había visto apartado de la familia por una madrastra a quien no le importaba tanto como Angelo. No le sorprendía que quisiera a Daniele, pensó entonces. El niño era su único pariente de sangre, el único superviviente de una familia donde todos los demás lo habían defraudado.

Le dolía el corazón por él, por su soledad.

«Lo amo», pensó cuando abrió los ojos.

–¿Qué ocurre, *cara*? No lo lamentas, ¿verdad?

No lo lamentaba, ¿pero dónde iban a ir a partir de ese momento?, se preguntó Lauren. Desde el punto de vista de Emiliano seguramente solo sería una compañera de cama mientras ella...

Había sido tan temeraria como dos años antes. Después de unas horas juntos había vuelto a enamorarse de él, pero en Londres no lo conocía. En aquel momento sabía mucho más sobre él. Sabía del dolor y los complejos temas que lo habían hecho el hombre que era. Y también que en aquella ocasión no habría forma de dar marcha atrás.

–No, claro que no –respondió.

Porque, pasara lo que pasara a partir de ese momento, sabía que lo amaría para siempre y viviría con el recuerdo de esa noche en el yate durante el resto de su vida.

Capítulo 7

HÁBLAME de Stephen –sugirió Emiliano un par de días después, tumbados bajo una sombrilla en la playa.

–¿Stephen? –repitió Lauren, con el ceño fruncido. Estaban compartiendo una tumbona y tenía la cabeza apoyada en su torso desnudo–. ¡Ah, Stephen! –exclamó. Le había preguntado en Cumbria, cuando fue a ayudarla a rescatar a Brutus–. ¿Por qué lo preguntas? ¿Estás celoso?

–Si tengo razones para estarlo después de lo que hemos hecho esos últimos días –empezó a decir él, con falsa seriedad–, es que no lo hecho bien.

–Entonces tendrás que practicar más –Lauren movió provocativamente el trasero y él le dio un azote.

–No, en serio, dime qué significa para ti. ¿Es alguien importante?

–Stephen es muy importante para mí... si me quedo sin huevos –bromeó Lauren–. O si Danny y yo necesitamos leche para el desayuno. Pero creo que también es muy importante para su mujer, con la que lleva treinta años casado, y para sus cuatro hijos.

–Serás bruja.

Lauren soltó una carcajada.

Sentado a su lado bajo una sombrilla, Daniele estaba demoliendo un castillo de arena que Emiliano y él habían hecho antes. Con la palita en la mano, el niño les sonrió de oreja a oreja antes de seguir con su trabajo de demolición.

–¿Y tú? –le preguntó Lauren–. ¿Hay alguien parecido a Stephen en tu vida... o debería decir Stephanie?

–No, en este momento no –respondió él, acariciando su pelo–. Ni siquiera una que me venda huevos.

Lauren rio, pero la risa se convirtió en un escalofrío cuando sus largos dedos se deslizaron suavemente bajo el triángulo del biquini.

«En este momento no», había dicho. ¿Significaba eso que veía otra mujer en el futuro?, se preguntó, un poco decepcionada.

Pero no pudo seguir pensando en ello porque Emiliano estaba mordiendo la zona más sensible de su cuello, entre los hombros y la clavícula, mientras rozaba sus pechos con una mano. Solo los rozaba, sin acariciarlos.

El tormento la hizo suspirar. Deseaba que la acariciase, que apretase suavemente sus pezones entre los dedos y los deslizase luego bajo la braga del biquini, pero sabía que no lo haría... no podían hacer nada con Danny allí.

–¿Sabes una cosa? Estar tumbada tomando el sol te hace increíblemente sexy –dijo él, poniendo la mano sobre su abdomen.

Lauren notó el contraste entre sus dedos oscuros y su pálida piel, como el duro bronce contra el más moldeable oro.

–¿El sol? –murmuró, sin aliento–. Tal vez sea un afrodisíaco. O tal vez tenga algo que ver contigo.

Estaba tomándole el pelo y las mujeres no tomaban el pelo a Emiliano Cannavaro, pensó.

–No, *carissima* –dijo Emiliano, rozando el lóbulo de su oreja con la lengua–. Tiene poco que ver conmigo.

Mientras pronunciaba esa última frase apretó su estómago y la caricia fue tan excitante que provocó una contracción involuntaria en su feminidad. Lauren dejó escapar un gemido y enseguida apretó los labios, avergonzada.

–Tengo cosas que hacer –murmuró, levantándose a toda prisa–. ¿Te importa llevar a Danny a su habitación o quieres que lo lleve yo?

Solo sabía que no podía seguir allí un segundo más.

–Yo lo llevaré –dijo Emiliano.

No sabía si él estaba afectado por lo que acababan de hacer y estaba demasiado desconcertada como para mirarlo mientras tomaba su bolso de paja para volver a la soledad de su habitación.

El agua fresca de la ducha no logró aliviar su frustración. Sus pezones seguían levantados mientras se frotaba con el gel.

«Espera y verás, Emiliano Cannavaro», se prometió a sí misma, preguntándose por qué era tan tonta como para amarlo.

Sin embargo, no era su deliberado intento de frustrarla lo que la había enfadado casi hasta las lágrimas, sino su respuesta cuando le preguntó si había alguien más en su vida: «En este momento no».

¿Qué debía deducir?, se preguntó a sí misma. ¿Que estaba entre novia y novia y encontraría a otra en cuanto hubiera terminado de divertirse con ella?

Tan concentrada estaba en sus pensamientos que no oyó la puerta del baño y, cuando se dio la vuelta y vio a Emiliano a su lado, lanzó un grito de sorpresa.

–¡Qué susto me has dado!

–Eso no ha sido muy amable por mi parte, ¿verdad? –admitió él con una sonrisa–. Pero, si algo debes saber sobre mí *cara mia*, es que, si alguna vez cometo un error, siempre intento enmendarlo.

Por eso estaba allí, con ella y desnudo.

Pero era lo que había dicho, «si algo debes saber sobre mí, es que, si alguna vez cometo un error, siempre intento enmendarlo», lo que parecía borrar su tristeza, como su duro cuerpo prometía borrar su frustración.

¿No quería eso decir que sería parte de su vida al menos durante un tiempo? ¿Que no pensaba dejarla por otra mujer en cuanto esas semanas de vacaciones hubieran terminado?

No podía pensar con claridad porque Emiliano se había apoderado de su boca y lo único que quería era estar con él en ese momento, perderse en él.

Emiliano empezó a enjabonar sus pechos, frotándolos con infinita habilidad y haciéndola suspirar.

Era algo increíblemente erótico; el gel con el que estaba enjabonándola haciendo que su piel estuviese tan resbaladiza como la suya.

Las manos de Lauren se movían sobre la musculatura de su espalda... ¡y qué musculatura! La fuerza que sentía bajo sus dedos, la firme piel mojada, todo eso hacía que lo deseara como no lo había deseado nunca.

¡Y si no la hacía suya pronto se moriría de deseo!

Por suerte, Emiliano estaba tan desesperado como ella y la empujó suavemente contra la pared de azulejos. Solo entonces se dio cuenta de que ya se había enfundado un preservativo.

Agarrándose a sus hombros, se apretó contra él hasta que, con una poderosa embestida, Emiliano empujó dentro de ella, haciéndola gritar mientras su cuerpo temblaba de placer.

Nunca había hecho el amor de pie y mucho menos en la ducha y la experiencia era tan excitante...

Emiliano empujaba adelante y atrás, haciendo que los dos perdiesen la cabeza con el ritmo salvaje y las sensaciones que provocaba. Estaba agotada cuando terminó, apoyándose en la pared de azulejos para recuperar el aliento.

Por un acuerdo tácito, se había mudado a la habitación de Emiliano, con sus muebles de cedro y su enorme cama de matrimonio. Y una vez que la tuvo en su cama, él parecía decidido a retenerla allí.

–Estás donde debes estar, *mia bella*. Acéptalo –le había dicho cuando expresó preocupación por lo que Constance y el resto de los empleados pudieran pensar.

–¿Tú crees?

–Constance tiene tres hijos mayores que no llegaron a este mundo gracias a la cigüeña –bromeó Emiliano–. Además, *cara*, creo que todos mis empleados verían muy raro que no compartiésemos cama.

A Lauren le gustaría tener esa actitud despreocupada, pero ella no era tan sofisticada sobre el sexo y eso era parte del problema. No quería que la gente pensara que no le importaba ser una mera diversión para Emiliano Cannavaro, un juguete en la cama de un hombre que, claramente, no estaba enamorado de ella.

Además, desde esa noche en el puerto, antes de que la llevase al yate, él no había vuelto a decir una palabra sobre el futuro de Daniele.

¿Estaba cerrando los ojos a la realidad?, se preguntó esa noche en el salón, mientras escuchaba un disco de blues. Etta James cantaba una canción en la que decía preferir perder la vista antes de ver al hombre al que amaba alejarse de su vida...

Ella no iría tan lejos, pero casi, pensó, mientras se iba a la cama. Fingió estar dormida cuando Emiliano entró en la habitación... pero él la conocía bien y el fingimiento duró apenas un segundo.

Era más temprano de lo habitual cuando despertó y el lado de la cama en que dormía Emiliano estaba vacío.

Después de darse una ducha rápida en el lujoso baño de la habitación, se puso un vestido blanco de algodón con escote elástico para ir a buscar a Daniele.

Pero el niño no estaba en su habitación, de modo que se dirigió a la soleada cocina que, a pesar de sus electrodomésticos de acero inoxidable, seguía teniendo un aspecto muy acogedor.

Con una camisa blanca y un pantalón de lino, Emiliano estaba apoyado en una de las encimeras, leyendo el periódico. Daniele estaba en su trona comiendo un trozo de papaya y mirando un programa de naturaleza en la televisión.

–*Buongiorno* –la saludó–. Espero que hayas dormido bien. Bueno, después de...

–Sí –lo interrumpió Lauren. Porque, aunque había fingido estar dormida cuando entró en la habitación, al darse cuenta de que seguía despierta, Emiliano se había aprovechado... y ella había dejado que lo hiciera.

Además, Constance acababa de entrar en la cocina.

Lauren se inclinó para besar la carita de su sobrino.

–Hola, cariño. ¿Qué tal estás?

–¡Vega! –gritó Daniele, señalando la pantalla.

–Estaba inquieto –explicó Emiliano, dejando el periódico sobre la encimera–, así que lo he bajado a la cocina para que no te molestase.

Como haría un padre, pensó Lauren. O un marido cariñoso.

–¡Vega! –volvió a gritar el niño.

–¿Qué es «Vega»? –preguntó Emiliano, mirando la barrera de coral en la pantalla–. No deja de repetirlo.

–Es su pececito. Bueno, uno de ellos –respondió Lauren–. Ahora llama Vega a todos los peces.

–¿Pones nombre a los peces? –Emiliano intercambió una mirada conspiratoria con el ama de llaves, con la que parecía llevarse muy bien–. ¿Y todos tienen nombre?

–Sí, los otros dos son Altair y Deneb.

–¿Perdona?

–El triángulo veraniego. Las tres estrellas más brillantes en el cielo nocturno del hemisferio norte.

–Claro.

–En verano.

–Naturalmente.

–¡Te estás riendo de mí!

–No, qué va –Emiliano no podía dejar de reír–. ¿Y cómo se te ocurrió tan ilustre trío?

Su elocuente uso del idioma, sin la menor vacilación, nunca dejaba de sorprenderla. Aunque el fuerte acento italiano enviaba deliciosos escalofríos por su espina dorsal.

–Los rescaté de un vecino cuyo estanque tenía un agujero.

Él soltó una sonora carcajada.

–¿De qué te ríes ahora?

–De nada, de nada –Emiliano sacudió la cabeza, pero era incapaz de borrar la sonrisa de sus labios–. Eres fascinante, Lauren Westwood. Además de divertida, cariñosa y deliciosamente sexy –añadió, poniendo un dedo sobre las pecas de su nariz.

Con el pulso acelerado, ella levantó la mirada.

–Pero un poco rara, ¿no?

–Yo no he dicho eso. ¿Además qué es ser raro? –bromeó Emiliano.

Sus ojos oscuros tenían un brillo alegre. Y olía tan bien, a mar, a arena y a limones frescos.

Era una tonta, pensó. El tipo de tonta que se enamoraba de un hombre demasiado peligroso para su corazón.

–No son precisamente mascotas. Y como había visto un programa sobre el universo la noche anterior... en fin, me parecieron los nombres más apropiados.

No le contó que era un pequeño homenaje a su madre para que no pensara que, siguiendo los pasos de Sophie Westwood, leía la fortuna en las estrellas porque nada podía estar más lejos de la verdad.

Emiliano miró su reloj mientras revolvía el pelo del niño, en un gesto afectuoso que le encogió el corazón.

–*Ciao*, *piccolo*. Sé un buen *bambino*, ¿eh?

Cuando el niño sonrió casi podía ver a Emiliano en él; desde el pelo oscuro a lo que prometía ser algún día el gesto orgulloso de su barbilla. Aunque había heredado los ojos azules de su madre y, de momento, se parecía más a los Westwood que a los Cannavaro.

–¿Te vas? –le preguntó, delatando su desilusión sin darse cuenta.

–¿Decepcionada, Lauren? Ah, las cosas mejoran.

Después de despedirse de Constance y el niño, le hizo un gesto para que lo siguiera y Lauren lo acompañó.

Las puertas de cedro daban a un porche con pilares de mármol blanco y suelo de cerámica, con plantas exóticas en enormes tiestos.

–Te llevaría conmigo, pero no es posible. Tengo un desayuno de trabajo con varios concejales y luego debo decir unas palabras en la Cámara de Comercio y Turismo. Muy interesante, pero me temo que solo para los invitados. Seguramente será muy aburrido.

–No importa –dijo Lauren.

–Pero volveré antes de la cena y esta noche, *mia cara*, tenemos que hablar.

–¿Sobre Danny? Porque si se trata de eso...

–No, no es sobre Danny. Bueno, sí, claro que sí...

Emiliano se apoderó de su boca antes de que ella pudiese interrumpirlo.

De modo que era eso, pensó Lauren. Lo había pasado bien con ella, pero había llegado el momento de hablar del tema que los había llevado allí: la custodia de Danny.

Pero su boca, tan tierna, la esclavizaba. La tenía donde quería y él sabía que no podía resistirse cuando le hacía aquello.

¿Y dónde la dejaba eso?, pensó, mientras le echaba los brazos al cuello. Sometida, pensó. Rindiéndose a sus deseos.

Emiliano se apartó cuando era una muñeca maleable entre sus brazos, suya para hacer con ella lo que quisiera...

Lauren ni siquiera podía mirarlo mientras decía con determinación y sorprendente formalidad:

—Creo, *signorina* Westwood, que debemos tomar una decisión.

Lauren, temblando después del beso, lo observó mientras tomaba su chaqueta y su maletín del banco de la entrada. Luego, mientras se daba la vuelta, añadió:

—Creo que deberíamos casarnos.

Emiliano no volvió a la hora de la cena como había prometido y, después de meter a Daniele en la cama, Lauren fue al salón para sentarse en uno de los enormes sofás y leer una revista.

Dos horas después Emiliano no había vuelto y decidió dar un largo y contemplativo paseo por la playa.

¿Tan poco le importaban sus sentimientos que podía tratar una proposición de matrimonio como si fuera algo sin importancia?

Si lo había dicho en serio.

La posibilidad de que no fuera así, de que solo hubiera sido una broma, era deprimente.

Y no la ayudó nada que su charla en la Cámara de Comercio apareciese en la televisión local esa noche. En una de las imágenes, Emiliano hablaba del tema del turismo en la isla ante un grupo de serios invitados. En otra aparecía charlando con una de las concejales que lo habían invitado a hablar, una belleza caribeña que no podía ser mucho mayor que Emiliano y que, por su forma de mirarlo, no solo parecía interesada en él como ponente.

La lancha que solía estar anclada en el muelle de la casa había desaparecido y el yate estaba preparado para su viaje a Barbados al día siguiente. Sobre él, una solitaria estrella titilaba en el oscuro cielo...

Mirándola, el único consuelo de Lauren era saber que los hombres como Emiliano Cannavaro no hacían comentarios de broma ni decían cosas que no pensaran.

—¿Puedes decirme cómo se llama esa?

Al escuchar la voz de Emiliano, suave y burlona, Lauren intentó mostrarse tranquila, aunque no lo estaba en absoluto.

—No tengo ni idea —respondió mientras se daba la vuelta—. Seguramente será un planeta.

—¿Cuál?

—No lo sé. ¿Venus?

—La diosa romana de la belleza —Emiliano la miraba a ella, no a la estrella, y el corazón de Lauren dio un vuelco—. ¿Sabías que todo lo que hay en ese planeta tiene nombre de mujer?

—Ah, así que también tú sabes algo del universo.

Emiliano sonrió mientras se acercaba a ella entre las sombras.

–Mucho más de lo que nunca sabré sobre las mujeres.

Lauren rio mientras sujetaba un mechón que había escapado de su coleta.

–¿Tan complejas somos para ti? Pensé que eras un experto.

–Esa es la conclusión errónea a la que ha llegado la prensa. ¿Y bien?

–¿Y bien qué? –Lauren sabía a qué se refería y se preguntó cómo podía parecer tan tranquilo cuando su corazón latía con tal fuerza que pensó que iba a desmayarse.

–¿Estás de acuerdo en que deberíamos casarnos?

Así, como si fuese algo tan normal.

–No lo he pensado –respondió, aunque había estado pensando en ello todo el día–. No sabía que hablases en serio.

–¿Crees que bromearía sobre algo así?

–Si esperabas una respuesta, al menos deberías haber llamado por teléfono.

–No tengo costumbre de tomar decisiones vitales por teléfono.

¿Decisiones vitales?

Saber que hablaba en serio dejó a Lauren atónita.

–¿Entonces lo decías de verdad?

–Tú quieres estar conmigo, ¿no? –le preguntó él.

¿Cómo podía dudarlo?

–¿Tú qué crees?

–No estoy seguro, por eso quiero escucharlo de tus labios.

–Pues claro que sí –Lauren miró las olas, pensativa–. Pero querer estar con alguien no es suficiente para formar un matrimonio.

Emiliano rio suavemente.

–Por supuesto, también es necesario el respeto mutuo, la confianza e incluso la admiración. Y, sobre todo, la compatibilidad. Hay mucha maneras y una en particular –su tono se había vuelto tan ardiente y seductor como el paraíso tropical en el que estaban– que demuestran que tú y yo somos compatibles, *carissima*.

–¿Aunque vengamos de mundos diferentes?

–Te estoy pidiendo que compartas el mío, Lauren.

¿Por qué vacilaba?, se preguntó. Y supo la respuesta sin tener que pensarlo demasiado. Quería que le dijese que sentía lo mismo que ella, quería que dijese que la amaba.

–¿Por qué, Emiliano? ¿Porque no se te ocurre una manera más simple de conseguir la custodia de Danny?

El silencio solo era roto por el susurro del viento sobre las palmeras.

–Tienes razón, no se me ocurre una manera más simple –respondió él por fin, alargando una mano para acariciar su cuello–. Yo no soy un tipo sentimental, ¿pero me creerías si dijera que significas mucho para mí?

«Significas mucho para mí».

El corazón de Lauren dio un vuelco dentro de su pecho.

No la amaba y, como él mismo había dicho, no había términos sentimentales en el vocabulario de Emiliano Cannavaro.

–¿Quieres decir que por fin te has dado cuenta de que no soy una cazafortunas?

–¿Estarías pensándote la respuesta si no fuera así?

–Podría ser.

–¿Con qué propósito?

–¿Para hacerte creer que mis intenciones son honradas y que de verdad no me interesa tu dinero?

–Ah, claro.

–Solo estaba bromeando. Lo siento, era una broma tonta.

–Sigo esperando una respuesta. ¿Sí o no?

–¿Tú qué crees?

Emiliano puso las manos sobre sus hombros.

–Quiero oírlo de tus labios.

–¡Sí, sí, sí! –exclamó Lauren, echándole los brazos al cuello mientras él la apretaba contra su torso para buscar su boca con desesperación.

Era suya, en aquel momento y para siempre, y Lauren se lo hizo saber de la mejor manera posible: entregándose allí mismo, sin barreras. Solo el amor, la arena y las estrellas como testigos de su pasión.

Capítulo 8

LA GASA blanca del vestido se movía suavemente alrededor de sus piernas y el viento mecía los pétalos blancos de las florecitas que llevaba en el pelo, que se había sujetado a cada lado de la cara con un simple prendedor, dejándolo caer en cascada sobre sus hombros.

Descalza sobre la arena rosada, bajo un arco de flores, Lauren no podía dejar de maravillarse. Le parecía increíble que Emiliano y ella hubieran conseguido llegar tan lejos en unas cuantas semanas.

Tres para ser exactos.

Ese era el tiempo que había pasado desde que Emiliano sugirió que deberían casarse. Y desde ese momento, cuando supo que hablaba en serio, su vida se había convertido en un torbellino.

Aunque los dos estaban de acuerdo en que debía ser una boda privada, habían tenido que solicitar la licencia de matrimonio, encargar las flores, la comida, organizar la luna de miel... y ella había tenido que encargarse de solucionar los asuntos de su granja en Cumbria.

Habían decidido que fuera una boda secreta

hasta que llegase el momento de anunciarla públicamente, de modo que se limitó a llamar a su jefe en el jardín botánico para decirle que había decidido alargar su estancia en el Caribe.

Y tampoco se lo contó a Fiona, que se encargaba de ir a la granja todos los días para recoger el correo, dar de comer a los peces y comprobar que todo estaba bien, aunque estaba deseando darle la feliz noticia.

Pero había llegado el gran día y todo estaba a punto. Incluso el vestido.

Lauren había elegido un sencillo conjunto de gasa blanca con escote griego y bajo asimétrico, comprado en la isla, que la hacía parecer más la ninfa etérea de un pintor impresionista que la esposa de un multimillonario.

Cuando Lauren levantó la cabeza para mirar al hombre que estaba a su lado, el traje italiano de lino blanco destacando su soberbio físico, sus ojos verdes expresaban un único sentimiento:

«Te quiero».

Emiliano aún no le había dicho esas palabras, ¿pero no era evidente por el solitario de diamantes que había puesto en su dedo una semana antes? ¿Por las promesas que estaban a punto de hacer? ¿Por cómo no se cansaba de ella en la cama y fuera de ella?

El oficiante empezó a hablar y Lauren intentó saborear cada segundo de ese precioso momento para poder contárselo a Daniele y a sus propios hijos algún día.

Se sentía increíblemente feliz, como si fuera un sueño, como si le estuviera ocurriendo a otra persona, a una novia de cuento de hadas.

Habían llegado dos ramos de flores esa mañana, uno de lirios blancos que habían enviado los empleados y dos docenas de rosas rojas de Emiliano. Lauren había entrelazado algunas flores en el ramo de novia, que había hecho ella misma, y el resultado era una preciosa mezcla de flores de la isla con rosas y lirios.

–Creo que deberías añadir un color diferente –le había aconsejado Constance, entrando en la habitación con un bonito vestido de color azul turquesa–. Yo no soy supersticiosa, pero por aquí dicen que la mezcla de rojo y blanco da mala suerte.

–Venga, no seas aguafiestas –Lauren había vivido demasiados años con las supersticiones de su madre como para tomárselas en serio. Después de todo, ¿qué mala suerte podía haber en casarse con el hombre del que estaba enamorada?

Mientras hacían las promesas delante del pequeño grupo, Lauren sonreía a Emiliano con adoración y, cuando su sonrisa fue recibida con un brillo de emoción en los ojos oscuros, su corazón rebosó amor por él.

El beso fue recibido con aplausos de todos los congregados y, cuando se apartó por fin, Emiliano siguió mirándola a los ojos durante largo rato.

Luego se volvió para tomar en brazos a su sobrino mientras Constance les daba la enhorabuena.

Sus buenos deseos no podrían ser mas sinceros, pensó Lauren, sonriendo a la amable ama de llaves, con quien tenía una estupenda relación.

–¿Qué te parecen tu mamá y tu papá ahora, *piccolo*? –le preguntó Emiliano al niño, vestido con una camisa blanca y un pantalón rojo para la ocasión–. ¿No estarás seguro y feliz durante el resto de tu vida?

«El resto de tu vida».

Eso lo decía todo, pensó Lauren, con el corazón volando como un pájaro.

–Bueno, todo el mundo a disfrutar de la comida –dijo Emiliano entonces, señalando el bufé y la barbacoa, ya preparada en la arena–. Ya sé que esa es la única razón por la que habéis venido.

Una orquesta contratada por su profesionalidad y discreción, añadía el toque final a aquel evento tropical.

La boda no podría ser más perfecta, pensaba Lauren a medida que transcurría el día. Brindis, risas y conversación... más animada a medida que corría el champán. El único fotógrafo contratado para la boda capturaba para la eternidad esos momentos de felicidad en aquel paisaje de arena rosa, con el mar, las palmeras y el sol, que empezaba a esconderse tras el horizonte.

–¿Feliz? –le preguntó Emiliano, tomándola por la cintura.

Era así como habían estado casi toda la tarde y cada vez que se alejaba sentía como si le faltase algo.

–¿Por qué me pregunta eso, señor Cannavaro? –bromeó Lauren, apoyando la cabeza en su hombro.

Sus maletas estaban hechas ya que al día siguiente se irían a Nueva York. Algo, había observado Emiliano, que ella necesitaba con urgencia.

–Para comprar ropa –había comentado, mirando su modesto vestuario.

La luna de miel sería corta porque querían volver con Daniele lo antes posible, pero esa noche, su noche de boda, iban a pasarla allí mismo.

Constance había metido al niño en la cama horas antes y, mientras subían los escalones del porche, Lauren sabía que ese día estaba a punto de convertirse en inolvidable.

Reía mientras entraban en la casa, sin ver nada más que a Emiliano y ese fuerte brazo en su cintura, pero levantó la cabeza al notar que él contenía el aliento.

Una mujer delgada y chic acababa de aparecer en el pasillo. Con un vestido azul pálido de diseño y sandalias de tacón a juego con los zafiros que llevaba en las orejas y el cuello, Claudette seguía pareciendo la modelo que había aparecido en las portadas de tantas revistas de moda veinticinco años antes.

–*Buona sera*, Emiliano –sus años de residencia en Italia hacían que apenas tuviese acento. De hecho, Emiliano le había contado que la viuda de su padre seguía viviendo en Roma con su nuevo marido.

–Claudette –dijo él, claramente sorprendido–.

Veo que te has enterado por los paparazzi antes de que pudiese contártelo yo mismo.

–No han sido los paparazzi.

Emiliano, recuperado de la sorpresa, presentó a las dos mujeres.

–Nos conocimos en la boda de Angelo –dijo Claudette sin mirarla siquiera–. Emiliano, ¿podemos hablar?

–Sí, claro –asintió él, con el ceño fruncido.

Pensando que lo más discreto sería marcharse, Lauren apretó su brazo.

–Yo tengo un millón de cosas que hacer antes de irnos mañana –por alguna razón inexplicable, no quiso pronunciar las palabras «luna de miel» delante de Claudette.

–Muy bien.

Observando a su flamante esposa subir por la escalera, Emiliano le hizo un gesto a su madrastra para que pasase al salón.

–¿Por qué no has llamado por teléfono antes de venir?

Le sorprendía que quisiera estar allí cuando él había imaginado que no le importaría en absoluto que se hubiera casado.

–¿Y que me contaras la excusa de que era una boda íntima o algo parecido?

–¿Cómo te has enterado?

–No todos los administradores de la fortuna de tu padre son tan poco comunicativos como tú, Emiliano. Aunque, en realidad, ha sido uno de los más jóvenes. Si no, seguramente no se le habría escapado la información –Claudette hizo una mueca–. En fin, debió de pensar que yo lo sabía –sus ojos claros se clavaron en él mientras se dejaba caer en el sofá–. He venido a hablar de Lauren Westwood.

–Lauren solo es asunto mío.

–Lo sé –su madrastra se encogió de hombros–. Pero estaba en Florida con Pierre y pensaba venir a verte de todas formas... ya sabes, para intentar hacer las paces, incluso antes de saber que ibas a casarte. El funeral de tu hermano no me pareció el momento adecuado para hablar.

–Siento que te hayas perdido la ceremonia.

–Yo también.

No sabía si lo decía de corazón. Aparte del funeral de Angelo, durante el que Claudette y él apenas habían intercambio unas palabras de condolencia, no había hablado con ella desde que fue a verla a Milán cuatro meses antes. Entonces habían discutido, como siempre, cuando, preocupado por su hermano, la había acusado de condonar el comportamiento de Angelo y de no estar interesada en su nieto. Y se había enfadado aún más cuando Claudette respondió que Daniele no era responsabilidad suya.

–¿Eso es lo único que te importa? –le había espetado él entonces–. ¿De quién sea la responsabilidad oficialmente?

Su madrastra había respondido a la defensiva:

–No te metas conmigo, es tu hermano con quien deberías hablar.

Emiliano sacudió la cabeza. No quería pensar en ello.

–Siento tener que traer malas noticias –dijo Claudette entonces, aunque Emiliano estaba seguro de que no lo sentía en absoluto–. Especialmente en el que debería ser el día más feliz de tu vida. ¿O eso es solo para la mujer? –su madrastra esbozó una irónica sonrisa.

–¿A qué te refieres? –preguntó Emiliano, impaciente. Claudette siempre lo había sacado de quicio–. ¿Tienes algún problema para recibir la pensión?

Ella lo miró en silencio durante unos segundos.

–Creo que es mejor que te sientes.

Cuando Lauren abrió la puerta de la habitación, por un momento no podía creer lo que estaba viendo.

Constance había dado su toque personal a la celebración y la enorme cama de matrimonio, con una colcha de seda blanca hecha a mano y almohadones a juego, estaba cubierta de pétalos. Y el cabecero de bronce había sido decorado con flores de hibisco rojas y amarillas.

Sobre una cómoda, bajo una de las ventanas, había un jarrón con exóticas flores blancas cuyo nombre Lauren no conocía, pero que perfumaban la habitación.

El universo también había echado una mano con una luna llena que parecía mirar por encima del árbol de jacarandá mientras las ranas y grillos comenzaban con su coro nocturno, su canto un acompañamiento para la orquesta de reggae, que seguía entreteniendo a los invitados.

Después de quitarse el vestido y guardarlo con cuidado en el armario, Lauren se dio una ducha antes de ponerse una fragante crema corporal, la favorita de Emiliano, que había empezado a usar desde que compartían dormitorio.

Claudette y él debían de tener muchas cosas de las que hablar, pensó. Sabía que llevaban meses sin verse y que su relación no era fácil, pero que estuviera allí tenía que ser buena señal.

Se alegraba de que hubiese ido a la isla aquel día, aunque no hubiera sido muy amable con ella, como no lo había sido con Vikki cuando se casó con Angelo.

Emocionada, esperando el regreso de Emiliano, se puso una bata de satén verde y fue al vestidor para pasarse un cepillo por el pelo.

Una prominente estrella roja colgaba en paralelo a la ventana abierta...

Lauren se preguntó cuál sería y cómo la llamaría su madre. Tal vez era parte de la constelación Tauro, en cuyo caso su padre habría dicho que era el ojo rojo del furioso toro.

Sonriendo, empezó a cepillarse el pelo frente a uno de los espejos de cuerpo entero y luego, con delicioso abandono, se lo sujetó sobre la cabeza para ver el efecto.

Sus ojos brillaban de anticipación y la curva de sus pechos era claramente visible bajo el escote de la bata, del mismo tono verde esmeralda que el vestido que llevaba la noche que se conocieron...

Su corazón dio un vuelco cuando oyó que se abría la puerta de la habitación.

Emiliano, por fin.

Podía verlo a través del espejo en el que se miraba, con una provocativa sonrisa en los labios.

Quería que la viera como se veía ella en ese momento: atractiva y lujuriosa, desnuda bajo la bata. Una mujer dispuesta a darle placer al hombre del que estaba locamente enamorada y al que había prometido amar para siempre.

O una mujer, le pareció escuchar la voz de su hermana riéndose de ella, que había pillado al partidazo del siglo.

–Pensé que no ibas a subir –le dijo, pasándose la lengua por los labios–. Estaba a punto de enviar un equipo de rescate a buscarte. Temía que hubieras olvidado cuál era la habitación.

Hablaba con amor y ternura por aquel hombre que, incluso de espaldas, parecía haber sido puesto en la tierra para dar placer a las mujeres. Y, sin embargo, era suyo, solo suyo, pensó. Hasta el final de sus días.

Pero él se volvió entonces y a través del espejo pudo ver su expresión seria, hosca incluso.

–¿Qué ocurre? –susurró, con el corazón encogido de repente–. ¿Qué pasa, Emiliano?

Capítulo 9

POR QUÉ no me habías dicho que Daniele no es hijo de mi hermano?

La pregunta golpeó a Lauren como un rayo.

–¿De qué estás hablando? –le preguntó, con un nudo en la garganta.

–¡Tu hermana estaba embarazada de otro hombre cuando se casó con Angelo y tú lo sabías!

Lauren se quedó sin color en la cara, atónita, incapaz de articular palabra.

–De modo que lo sabías –susurró Emiliano.

–No –Lauren sacudió la cabeza, su voz apenas un susurro.

–¿Estás diciendo que Vikki no te lo contó?

–¡No! Quiero decir...

–Que te lo contó –la interrumpió él, como un frío interrogador y no como el hombre con el que acababa de casarse.

–Cuando Vikki dejó a Angelo le dijo cosas horribles por odio, por rencor. Según mi hermana, Angelo la amenazó con pedir la custodia exclusiva de Danny para que no lo dejase, así que le dijo que había tenido una aventura con otro hombre antes de casarse y que el niño era suyo, pero no era verdad.

Lauren recordaba lo sorprendida que se había quedado al escucharlo y el alivio que había sentido cuando su hermana mostró remordimientos.

—Luego le pidió disculpas —siguió—. Le dejó claro que no era verdad, que solo lo había dicho para hacerle daño.

—Porque se dio cuenta de que perdería una importante pensión alimenticia si no decía eso —replicó Emiliano.

—¡Eso no es verdad! —exclamó Lauren. Su hermana había hecho muchas cosas cuestionables, pero jamás habría mentido sobre la paternidad del niño. ¿O sí?

—Claro que es verdad.

—¿Eso es lo que te ha contado tu madrastra?

—Sí.

Lauren odiaba las dudas que empezaban a aparecer en su mente sobre los motivos de Vikki, pero era incapaz de olvidar las palabras de despedida de su hermana el último día, cuando dejó a Danny a su cuidado:

«¡Voy a sacarle hasta el último céntimo!».

—¿Por qué lo ha hecho? ¿Para arruinar el día de nuestra boda? ¿No quiere que seas feliz?

Emiliano soltó un bufido.

—Claudette y yo no nos llevamos bien, pero mi madrastra no es vengativa. El propio Angelo se lo contó unas semanas antes de morir.

–¿Y por qué no te lo contó entonces? ¿Por qué no te lo había contado tu hermano? –exclamó Lauren.

–No estábamos en contacto, ya lo sabes. Además, yo era la última persona a la que mi hermano haría una confidencia. Pero sobre todo, Lauren, ¿por qué no me lo contaste tú?

–Porque no es verdad. Es algo que Vikki dijo para hacerle daño, ya te lo he explicado. Mi hermana lamentó habérselo dicho...

–¿Y debo pensar que tú eres tan ingenua como para creer a tu hermana?

Ese comentario le dolió en el alma porque cuestionando la falta de escrúpulos de su hermana estaba cuestionando los suyos. Otra vez. Y en esa ocasión le dolía mil veces más porque lo amaba, porque llevaba su anillo en el dedo.

–¿Cómo puedes decir eso? –le resultaba difícil contener la emoción cuando sus acusaciones y sospechas se burlaban de las promesas matrimoniales–. ¿Cómo puedes imaginar que yo te habría hecho creer...? Por supuesto que Danny es hijo de Angelo. ¿Es que no lo ves con tus propios ojos? Danny es tu sobrino. Se parece más a mi familia que a la tuya, pero tiene muchos rasgos de los Cannavaro, tú mismo lo has dicho más de una vez.

–Un hombre puede convencerse de cualquier cosa si desea hacerlo –replicó él.

–Y, evidentemente, tú querías convencerte de que era un Cannavaro –replicó Lauren–. ¿Qué intentas decir, que te he mentido para casarme contigo?

—Solo tú sabes la respuesta a esa pregunta, *cara*.

Ella lo miró, sus ojos llenos de dolor, mientras susurraba:

—¿Qué estás diciendo?

Lauren temblaba como una hoja mientras Emiliano sacaba un papel del bolsillo del pantalón.

—Tal vez podrías explicarme esto.

Sin mostrárselo, empezó a leer. Era una carta que ella había escrito a Vikki poco después de que su hermana dejase a Angelo.

—«No puedes seguir viviendo con Matthew como has hecho otras veces cuando Angelo y tú os peleabais. No es justo para él ahora que estáis casados y, si lo descubre, nunca conseguirás hacerle creer que Angelo es hijo suyo...»

—¿De dónde la has sacado?

Lauren intentó quitarle el papel, pero Emiliano se apartó para seguir leyendo:

—«Y si es así, lo perderás todo. Daniele lo perderá todo».

—¡Me refería a su familia! —exclamó ella.

Había escrito esa carta para intentar convencer a Vikki de que debía dejar de complicarse la vida y disculparse con Angelo cuando su hermana, por orgullo, se negó a ponerse en contacto con él después de una de sus peleas.

—¿Y por qué voy a creerte?

—¿De dónde la has sacado? —insistió Lauren,

mientras veía a Emiliano tirar el papel sobre la cama con un gesto de desprecio que le encogió el corazón.

–Mi hermano la encontró entre las cosas de tu hermana que la policía llevó al domicilio marital después del accidente.

Cosas que Lauren no había podido recuperar ya que Angelo seguía siendo su marido...

–Me dijiste que llevabas años sin verla, que apenas habíais hablado hasta poco antes de la boda.

–Y es verdad.

–¿Entonces cómo sabías nada de ese tal Matthew?

–Porque Vikki me lo contó por teléfono –respondió Lauren–. Y no se acostaba con él, Matthew solo era un amigo.

–Un amigo íntimo, aparentemente.

Lo era. Tan buen amigo como para dejar que se alojase en su apartamento de Londres cada vez que discutía con Angelo. Matthew la quería desde que eran adolescentes en Cumbria, cuando su hermana lo utilizaba como paño de lágrimas cuando no era capaz de lidiar con los problemas que se creaba ella misma.

Pero estaba claro que contarle eso a Emiliano no la exoneraría de la supuesta conspiración para casarse con Angelo Cannavaro.

¿Y cómo podía estar segura de que su hermana no se había acostado con Matthew por diversión, por despecho o para conseguir algo?

–Si tu hermano no creía que Daniele fuera hijo

suyo y pensaba que yo sabía algo, ¿por qué nunca me dijo nada?

–No lo sé.

En realidad, daba igual. Los actos de Angelo lo decían todo. Al fin y al cabo, había abandonado a Danny en cuanto Vikki murió. Y, sin embargo, ¿por qué había tardado tanto en enseñarle esa carta a su madrastra? ¿No había querido aceptar que tal vez él mismo había empujado a su mujer a los brazos de otro hombre?

Lauren se dio cuenta entonces de que Emiliano parecía estresado. Desolado sería el adjetivo más correcto.

Pero no podía sentirse ni la mitad de desolado que ella al saber que la creía una hipócrita y una aprovechada.

Y esa carta tan incriminatoria no la ayudaba nada. Al contrario, la hacía parecer culpable cuando no era cierto.

–No puedes creer eso de mí. A menos que no confíes en mí en absoluto, en cuyo caso: ¿por qué te has casado conmigo? A menos que...

–¿A menos que qué?

–Que te hayas casado conmigo por otro motivo –dijo Lauren.

Al fin y al cabo, nunca había dicho que la amaba.

–¿Por ejemplo? –le preguntó él.

–Daniele.

Emiliano soltó una amarga carcajada.

–¿Eso es lo que crees?

–¿Por qué no? Si eres capaz de acusarme de haber querido engañarte, es que no me conoces y no me respetas en absoluto.

–No te he acusado de engañarme.

–¿Ah, no?

Emiliano no respondió y era evidente por qué. Seguía pensando que era parte de una conspiración para engañar a Angelo.

–Si me quisieras, no cuestionarías mi honestidad –dijo Lauren–. Pero nunca has dejado de creer que soy una cazafortunas, ¿verdad? Siempre me has juzgado mal sin pararte a pensar... por algo que has oído, por algo que has leído. ¡Sencillamente sumas dos y dos y el resultado es quince!

–¿Qué estás diciendo?

–Si tan poco me valoras, lo que he dicho tiene que ser cierto. Te has casado conmigo para asegurarte la custodia de Daniele. Quieres que el niño sea parte de la familia Cannavaro... o querías que lo fuese –se corrigió a sí misma– y has tomado el mejor camino posible para hacerlo. Después de todo, casándote conmigo no solo conseguías la custodia de Danny, sino una madre que cuidase de él.

Por no mencionar una compañera de cama, pensó, angustiada, aunque no lo dijo en voz alta.

–Si crees eso de verdad, entonces los dos deberíamos examinar los motivos de nuestro matrimonio –dijo Emiliano.

–Tal vez deberíamos hacerlo –replicó Lauren,

incapaz de creer que estuvieran discutiendo unas horas después de su boda.

Pero era algo más que una discusión, pensó. Emiliano estaba cuestionando su honestidad, su integridad moral, todo.

De repente, dejó caer los hombros como si estuviera muy cansada. Y lo estaba. Cansada de discutir con Emiliano, cansada de tener que demostrar que era una persona íntegra. Cansada de lo que para él no había sido más que una farsa.

–¿En qué piensas? –le preguntó, intentando no dejarse afectar por esas carismáticas facciones, la orgullosa frente, la nariz romana, la barba incipiente y esa boca sensual que la había llevado al paraíso tantas veces.

Pero no era posible que no la afectase.

–Ahora mismo no puedo pensar –con las manos en los bolsillos del pantalón, Emiliano se acercó a una de las ventanas. La música había cesado. Los miembros de la orquesta estaban guardando sus instrumentos y los camareros empezaban a limpiar las mesas–. No sé qué pensar.

–Pues yo sí –replicó Lauren, intentando contener las lágrimas. No podía creer que pareciese tan calmada cuando por dentro estaba rota–. No quiero compartir cama contigo esta noche.

Él se dio la vuelta para clavar los ojos en el rostro ovalado, con sus aterciopeladas cejas rojas, los ojos verdes y esa nariz ligeramente respingona cubierta de pecas, como si quisiera guardarlo todo en la memoria.

Luego, mirando el provocativo escote de su bata, que incluso en aquel momento conseguía excitarlo, asintió con la cabeza antes de salir de la habitación sin decir una palabra.

Lauren no pudo conciliar el sueño.

El sofá del vestidor no había sido diseñado para dormir, pero le había resultado imposible acostarse en la cama matrimonial, adornada para una apasionada noche de boda.

Y tampoco había querido dar que hablar a los empleados durmiendo en su antigua habitación, donde se había vestido tan alegremente para la ceremonia menos de veinticuatro horas antes.

Se levantó con las primeras luces del amanecer colándose por las persianas, sintiéndose derrotada mental y físicamente por la terrible escena de la noche anterior.

Emiliano no había vuelto, aunque no había esperado que lo hiciese. La habitación estaba tan silenciosa como cuando se marchó y la cama seguía sin tocar. Las flores de hibisco, diseñadas para vivir un solo día, se habían marchitado.

Como su matrimonio, pensó, dolida, preguntándose como había hecho tantas veces durante la noche, qué iba a pasar a partir de aquel momento.

Él había dicho muchas veces que las relaciones

se construían a base de confianza, pero nunca había dejado de dudar de ella. Nunca había confiado del todo.

¿Cómo iba hacerlo si una carta podía resucitar su pasada opinión de ella y anular todo lo que había entre los dos?

O tal vez solo había imaginado que había algo entre ellos. Pero no podía empezar una vida con un hombre que la despreciaba ni quería hacerlo, pensó, conteniendo las lágrimas.

Emiliano no confiaba en ella, eso estaba claro. Y aunque Vikki no hubiese engañado a Angelo y Daniele fuera su hijo, jamás creería que el niño era un Cannavaro. Ya no era su sobrino, ya no lo quería.

Era imposible soportar tal falta de confianza...

¿Y dónde los llevaba eso como pareja?

Dolorosamente, Lauren tuvo que aceptar la respuesta que se había negado durante toda la noche: a ningún sitio.

Absolutamente a ningún sitio.

Con las piernas temblorosas y pesadas como plomos, abrió su nueva maleta, un regalo de Emiliano, para guardar sus cosas porque eso era lo único que podía hacer.

Capítulo 10

LA NIEBLA estaba cerrándose sobre las colinas de Cumbria, llevando con ella la fina lluvia con la que había amenazado durante todo el día.

–¿Seguro que te encuentras bien? –le preguntó Fiona, que estaba frente a la mesa de la cocina, ayudando a Daniele a comer–. Sé que hace un tiempo horrible, pero desde que has vuelto no pareces tú misma. Tienes ojeras y eso me dice que no duermes bien. Hasta diría que estás pálida, a pesar del bronceado caribeño. ¿Este pequeñajo te ha tenido despierta a todas horas?

–No –respondió Lauren–. El niño se ha portado muy bien.

–Entonces, ¿qué te pasa? No tendrá nada que ver con ese hombre tan guapo que te sacó de aquí en un segundo, ¿verdad? ¿Te ha hecho promesas para luego incumplirlas?

–No, claro que no –se apresuró a decir Lauren, aunque Fiona había dado en el clavo.

No quería contarle la verdad. De hecho, no podía contarle a nadie lo que había pasado. Además, no llevaba el anillo de Emiliano. Lo había dejado en la mesilla, al lado de la cama que nunca había sido parte de su vida de casada.

Se alegraba de que la boda hubiera sido secreta salvo para aquellos que estuvieron en la isla. De ese modo no tendría que enfrentarse a la vergüenza y humillación de contarle a nadie su terrible error.

–¿De verdad estás bien? –insistió Fiona.

–Estoy bien –respondió Lauren, intentando sonreír–. Es que tengo muchas cosas que solucionar después de haber estado tanto tiempo fuera –añadió, cortando una tostada en trocitos para que Daniele la metiese en el huevo.

«Soldados», solía llamarlos su madre.

De repente, el deseo de abrirle su corazón a alguien, de confesar lo desdichada que era sobre un hombro maternal era tan fuerte que tuvo que hacer un esfuerzo sobrehumano para no contárselo a Fiona.

–No pasa nada –reiteró, intentando esbozar una sonrisa más o menos creíble–. Gracias por cuidar de todo aquí mientras yo estaba fuera. Nos vemos mañana.

–Cuenta con ello –Fiona sabía que no debía insistir, pensó Lauren, aunque estaba segura de no haberla engañado.

¿Cómo iba a contarle a nadie que se había enamorado y casado con Emiliano Cannavaro y que su matrimonio se había roto unas horas después de la ceremonia?

No podía. Como no pudo explicarle a Constance por qué se había ido con el niño antes de que Emiliano volviese a la isla.

Había conseguido contener las lágrimas hasta que subió al taxi que la llevaría al ferry, pero mientras se alejaba de la casa donde había sido tan feliz, ver a la amable Constance despidiéndose tristemente con la mano había sido insoportable.

¿Habría llamado Emiliano ese día? ¿Habría descubierto que ya no estaba en la casa?

No quería hablar con él y había tenido el móvil apagado durante todo el día y el resto del fin de semana. Desde que volvió a encenderlo su corazón se aceleraba cada vez que sonaba y experimentaba una mezcla de emociones al comprobar que no era él.

¿Pero para qué iba a llamar Emiliano? Tal vez para pedir que Daniele se hiciera una prueba de ADN y comprobar así si decía la verdad o no.

Y si eso era lo que quería, Lauren no estaba interesada. No estaba dispuesta a seguir soportando su desconfianza.

Había sido muy fácil encontrar un billete de avión para salir de la isla, pero el viaje había sido terrible. Se había desatado una tormenta sobre el Caribe, unida a su propia tormenta interior, y durante el vuelo había oído a un miembro de la tripulación decir que varias islas habían cerrado sus pistas al tráfico aéreo.

Sintió un inmenso alivio al saber que había logrado escapar sin tener que ver a Emiliano y, absurdamente, pensó que, si el avión se hundía en el mar, él se convertiría en viudo.

Conteniendo las lágrimas, se preguntó si le importaría.

Lauren oyó a Fiona decir algo mientras subía al coche, pero estaba demasiado perdida en sus pensamientos como para preguntarse con quién hablaba... hasta que Brutus entró en la casa, como solía hacer siempre que pasaba por allí en su paseo diario.

–Vamos, Danny, come un poco –lo animó, metiendo uno de los soldados en el huevo.

Pero el niño estaba más interesado en el perro, que se había tumbado frente a la cocina de leña, y cuando giró bruscamente la cabecita para mirarlo el huevo acabó en su cara.

Corriendo para tomar papel de cocina, el corazón de Lauren se encogió por su sobrino, responsable a su pesar de dos matrimonios fracasados.

Angelo no se habría casado con Vikki de no haber estado embarazada y Emiliano ya no quería saber nada de él, de modo que el pobre niño había sido abandonado no solo una, sino dos veces por un Cannavaro.

Pobre Danny...

Pero no podía llorar y no lo haría.

Al día siguiente, se prometió a sí misma, iría al jardín botánico de Cumbria y pediría que le devolvieran su puesto de trabajo. Y luego, en el futuro, daría los pasos necesarios para que Danny llevase su apellido.

Emiliano entró en silencio en la cocina de la granja y la doméstica escena que vio ante sus ojos hizo que se le encogiera el corazón.

Lauren estaba de espaldas a él, inclinada sobre Daniele mientras limpiaba su carita. El perro al que habían rescatado del alambre de espino, y que había entrado cuando Fiona salió de la casa, estaba tumbado frente a la cocina de leña y los peces sobre cuyos nombres tanto había bromeado nadaban contentos en su pequeño acuario.

–*Pa... pa* –dijo Daniele, al verlo.

Su infantil sonrisa hizo que Emiliano se emocionase.

Lauren se dio la vuelta y, al ver a quién sonreía su sobrino, tuvo que agarrarse a la mesa para no perder el equilibrio.

–Emiliano.

–¡*Pa... pa*! –gritó el niño.

–No es tu papá, Danny –Lauren no miraba a su sobrino, sino al hombre que estaba en la puerta, con el pelo mojado por la lluvia y varias manchas de agua en la pechera de la camisa, bajo la chaqueta del traje.

–Hola, Lauren –la saludó él, con aparente calma.

–¿Qué haces aquí?

–He venido a buscarte.

–¿Por qué? –le preguntó ella, aunque su corazón latía con tal fuerza que apenas podía hablar.

–Creo que seguimos casados –respondió Emiliano, apartándose de la puerta.

–Para lo que valió esa boda... –replicó Lauren, intentando hacerse la fuerte–. En tu opinión, bien poco.

Él bajó la cabeza, como reconociendo que tenía razón, antes de dejar un paquetito sobre la mesa.

–Pa... pa –Daniele intentaba levantarse de la trona para abrazarlo.

–En fin, no te preocupes. Es algo que puede solucionarse rápidamente –dijo Lauren.

–¿Porque nuestro matrimonio no ha sido consumado? –sugirió él mientras se acercaba al niño.

–¡No le toques! –el grito hizo que Emiliano se detuviera de golpe–. No tienes derecho a hacerlo.

De nuevo, él asintió con la cabeza mientras bajaba los brazos.

–Creo que me lo merezco –murmuró.

–Entonces, ¿por qué estás aquí?

Emiliano sonrió al niño, que seguía levantando los bracitos y arrugó la cara cuando no lo sacó de la trona.

–Necesito... quiero que vuelvas conmigo –respondió, como si lo hubiera pensado mejor a mitad de frase.

–¿Por qué? –insistió Lauren–. ¿Para que finjamos ser una feliz pareja de recién casados hasta que...?

–¿Hasta qué?

–¿Hasta que tú decidas el momento adecuado para pedir el divorcio para no quedar mal ni tener que dar explicaciones incómodas? ¿No es eso lo que hace la gente como tú?

Pensó que Emiliano iba a comentar algo al respecto, pero lo único que dijo fue:

–¿Quieres volver conmigo?

«Si eso es lo que tú quieres».

Le gustaría tanto estar con él unas semanas más, unos meses más. El tiempo que fuera para intentar convencerlo de que estaba equivocado sobre ella, pero aún le quedaban un poco de dignidad y amor propio. Y tenía que pensar en Danny.

–¿Quieres decir si estoy dispuesta a olvidar que me has insultado, que me has llamado mentirosa y falsa otra vez?

De nuevo, Emiliano asintió con la cabeza y Lauren se fijó por primera vez en sus ojeras, que no había notado hasta ese momento.

–No recuerdo haber usado esos calificativos.

–No hacía falta, estaba implícito en todo lo que decías.

–Y supongo que no cambiaría nada que me disculpase.

–¿Quieres decir bajar de tu trono y reconocer que estabas equivocado? –Lauren esbozó una trémula sonrisa–. No lo creo, Emiliano.

Su pelo cayó un poco hacia delante cuando inclinó la cabeza, no sabía si dándole la razón o porque sencillamente no estaba en su naturaleza reconocer un error.

–Te equivocas, no necesito quedar bien con nadie –le aseguró él.

–Entonces, ¿qué es lo que te importa, tu sobrino?

–Lo que me importa es que mi esposa, a quien obviamente yo empujé a irse de la isla, podría estar embarazada.

Lauren lo miró, perpleja, mientras intentaba sacar a Danny de la trona. Había crecido en esas semanas y cada día le resultaba más difícil levantarlo.

–¿Por qué dices eso?

Emiliano la ayudó a sacar al niño de la trona, haciéndolo reír antes de dejarlo en el suelo, jugando con Brutus.

–Porque durante las últimas semanas hicimos el amor sin tomar precauciones –le recordó después.

En realidad, desde el momento que aceptó su proposición de matrimonio se había entregado a él por completo, en cuerpo y alma, pensó Lauren.

–Y, si mi mujer está embarazada, quiero saberlo –siguió Emiliano.

Por supuesto, un heredero. Eso era lo único que le interesaba: mantener el linaje familiar, su orgulloso apellido.

–Si estuviese embarazada, ¿crees que sería tan tonta como para decírtelo?

Danny alargaba los bracitos hacia Emiliano, el hombre que lo había rechazado, y a su tía con él, cuando decidió que no había lazos de sangre entre ellos.

–Me temo que ni siquiera tú podrías esconder la evidencia de un hijo, mi hijo, creciendo dentro de ti. Y me temo también, *mia cara*... –su voz pareció romperse al pronunciar el cariñoso término–, que voy a quedarme aquí hasta que lo descubra.

–¿Y qué piensas hacer cuando nazca? –lo retó Lauren, la emoción formando un nudo en su garganta–. ¿Pedir la custodia? ¿Quitarme a mi hijo como quieres quitarme a Danny? Pues, para tu información, no estoy embarazada. He tenido el periodo estos días, así que no va a haber ningún hijo. Ni nada que tú puedas quitarme.

De repente, empezó a sollozar, como había hecho tontamente dos días antes, cuando se dio cuenta de que no estaba embarazada. Había querido estarlo, pero en circunstancias más felices, cuando sus esperanzas y sueños habían incluido un hermanito o hermanita para Danny.

Sin embargo, las circunstancias habían cambiado y con ese cambio cualquier posibilidad de esperar un hijo de Emiliano Cannavaro había desaparecido para siempre.

Pero cuando empezó a sollozar no podía parar. Bajando los hombros, Lauren se dio la vuelta y escondió la cara entre las manos.

Un segundo después escuchó la voz de Emiliano, dulce y tierna, intentando distraer a Danny para que no se diera cuenta de lo que pasaba.

–Carissima... –dijo después, poniendo las manos en sus hombros, su calor penetrando la lana del jersey–. ¿Por qué lloras?

«Porque te quiero. Porque te quería, pero eres demasiado insensible y obstinado como para verlo».

–Porque quiero que me dejes en paz. Quiero que te vayas –dijo Lauren en cambio, buscando el pañuelo que había escondido en la manga del jersey y que no era capaz de encontrar.

–¿Y por eso lloras así? –suavemente, Emiliano le dio la vuelta para mirarla a los ojos–. ¿No porque te haya hecho daño?

Santo cielo, ¿cómo podía ser tan cruel?

–¿Cómo pudiste hacerme tanto daño? –le espetó Lauren, sonándose la nariz con el pañuelo que él le ofrecía y que olía a sol, a arena y a su evocador aroma–. ¿Cómo puedes hacerle daño a alguien como yo? Ah, claro, porque soy egoísta, engañosa y traicionera. Y hago listas de hombres ricos para...

No pudo terminar la frase porque Emiliano se apoderó de sus labios, el familiar aroma de su loción para después del afeitado y el roce de su barba haciendo que le temblasen las piernas. Su boca era cálida e insistente y Lauren se agarraba a él como si lo necesitara para no caer al suelo, la dignidad y el amor propio destrozados.

–No, eso no es verdad –dijo Emiliano por fin, con voz ronca–. Yo soy el egoísta, el desconsiderado, el que no te merece. Tú solo me has dado amor, confianza y afecto y yo no he sido capaz de reconocerlo hasta que te fuiste. Pasé nuestra noche de boda conduciendo por la isla y paseando por la playa... y acabé en un hotel cuando ya no podía ni conducir ni caminar porque me estaba volviendo loco. Dormí hasta muy tarde, casi hasta la hora de comer, y luego conduje como un loco para volver contigo. No sé cuántos límites de velocidad me salté, pero cuando llegué a la casa y Constance me dijo que te habías ido con Daniele, pensé que me volvía loco.

–Emiliano...

–Te llamé por teléfono durante todo el día, toda

la noche y el día siguiente, pero saltaba el buzón de voz, siempre con el mismo mensaje: no podías responder a la llamada. Sabía que querías dejarme fuera de tu vida y sabía también que lo merecía y pensé que tal vez fuera lo mejor porque no podía decir por teléfono todo lo que tenía que decirte. Decidí seguirte, pero se había desatado una tormenta tropical y mi piloto se negó a volar, de modo que tuve que quedarme en la isla, incapaz de llegar a ti. Habían pasado cinco días y me parecieron cinco años, Lauren. Tuve mucho tiempo para pensar en mis errores, *carissima*, y no poder pedirte perdón inmediatamente era insoportable para mí.

–Pero yo...

–Sé que no era intención de Claudette hacerme daño a propósito. Fue a verme pensando en mi propio interés, pero cuando me mostró esa carta y me dijo lo que Angelo le había contado... sé que reaccioné mal, pero fue la sorpresa al pensar que algo me había sido arrebatado de repente. Como tú, a mí ya no me queda familia, solo Danny.

«Danny». Era la primera vez que no lo llamaba Daniele, pensó Lauren, emocionada.

–Lo único bueno que mi hermano ha dejado en este mundo –siguió Emiliano–. Y pensar que no era hijo de Angelo sino de otro hombre, el hijo de un completo extraño, fue desolador para mí. Pensé que tú lo sabías y no me lo habías contado... –en su voz ronca había una emoción que no podía expresar con palabras–. Estaba dolido, furioso, desolado, y sé que te dije cosas terribles, imperdonables. Pero cuando se me pasó el enfado y empecé a ver las cosas con claridad tuve que aceptar... no, supe con total certeza —se corrigió a sí mismo con un tono sorprendentemente tierno— que tú nunca engañarías a nadie deliberadamente. Y tienes razón, tengo la horrible costumbre de sumar dos y dos y llegar a la conclusión equivocada, pero solo en lo que se refiere a ti, Lauren. Y hay una razón para ello.

—¿Cuál? —le preguntó ella, sin aliento.

—Te quiero, *carissima*. Te quiero más de lo que he querido nunca a nadie en toda mi vida. Sé que debería habértelo dicho antes, pero te lo digo ahora y pienso seguir diciéndolo hasta que logre convencerte para que me perdones. Dime al menos que es posible. Dímelo, *amore mio*.

El brillo atormentado de sus ojos negros suplicaba humildemente perdón y Lauren se llevó una mano a la garganta.

—Yo no... no puedo... —tenía que hacer un esfuerzo para contener las lágrimas, incapaz de creer lo que estaba pasando.

Emiliano Cannavaro, el más orgulloso de los hombres, fuerte e invencible, estaba desnudándole su alma como no lo había hecho nunca. Y cuando vio un brillo de desolación en sus ojos tuvo que rendirse.

—Te creo —susurró, con los ojos empañados.

—Entonces, ¿volverás conmigo? ¿Hoy mismo? Lo entenderé si dices que no puedes, que necesitas más tiempo. O incluso si dices que me vaya al infierno, que lo nuestro es imposible.

–Claro que volveré contigo –dijo Lauren, pasando una tierna mano por su rostro–. Pero...

–¿Pero qué? –la interrumpió él, preocupado, apartándose un poco para mirarla a los ojos.

–¿Y Danny?

El niño estaba sentado en la vieja alfombra, donde Emiliano lo había dejado, charlando con su pelícano azul de peluche mientras Brutus observaba la escena con atención.

–Danny también vendrá con nosotros, por supuesto.

Emiliano miraba la enternecedora escena intentando controlar la emoción.

–Pero lo que Claudette te contó...

–Me da igual quién fuera su padre. Le quiero como si fuera mi propio hijo porque es imposible no hacerlo –dijo él, apretando sus manos–. Y porque lleva tus genes y no hay una sola parte de ti que sea posible no amar.

–Emiliano...

Era increíble que una hora antes hubiera pensado que jamás volvería a verlo y, de repente, estuviera allí, diciendo todo lo que había soñado que algún día le diría. Más aún de lo que se había atrevido a soñar.

Su corazón estaba tan lleno de amor que solo pudo decir:

–Te quiero.

Mientras volvían a besarse, deseó haber podido evitar la angustia que Claudette había causado con su visita, pero tal vez había ocurrido por una razón.

Emiliano los aceptaba de manera incondicional y quizá no se habría dado cuenta de cuánto los quería si su madrastra no hubiese provocado esa situación, de modo que casi debería estarle agradecida.

—Seremos una familia —le prometió Emiliano—. Una familia de verdad. Y Danny tendrá un montón de hermanitos para no ser hijo único durante demasiado tiempo.

—¡Oye, un momento!

—¿No quieres que tengamos más hijos?

—No me importaría tener tres o cuatro, pero tendrás que consultar con las estrellas si quieres tener más.

Emiliano la abrazó.

—Creo que las estrellas dejarán esa decisión al destino cuando vean lo a menudo que voy a hacerte el amor —le advirtió, con un brillo travieso y sexy en los ojos.

Un chapoteo repentino los hizo reír a carcajadas. Uno de los peces, quizá Vega, había dado un salto en el acuario, como dándoles su bendición.

Epílogo

LADRIDOS emocionados y risas infantiles llevaron a Lauren hacia la ventana para ver a Daniele, de cinco años, corriendo por el jardín con su hermana de dos, Francesca, y sus dos cocker spaniel.

La niña, de pelo rojo como el suyo, había nacido dos semanas después de su primer aniversario de boda y Lauren no podía esconder una sonrisa mientras veía a sus hijos correr por el jardín, alrededor de su padre.

Y el deseo de Emiliano de tener más hijos iba a verse cumplido con la llegada de un nuevo bebé en unas semanas.

Había sido una decisión conjunta darles a los niños una educación británica. Con eso en mente, y con su empresa norteamericana ya establecida con gran éxito en Florida, habían decidido mantener la casa en la isla como un lugar de vacaciones y tener su hogar en Inglaterra.

Para ello habían comprado y reformado recientemente una preciosa mansión con jardín a las afueras de Londres. Lo bastante cerca del centro de la ciudad como para que Emiliano llevase su negocio y, sin embargo, lo bastante lejos como para vivir en el campo.

Espacio y aire fresco había sido la prioridad para Lauren, que habiendo pasado gran parte de su vida en el distrito de los lagos, necesitaba oxígeno.

Dieciocho meses atrás, había vendido la granja a Fiona y su nuevo marido, entrenador de caballos, que la había convertido en una granja de cría.

A Claudette solo la veían cuando las circunstancias lo exigían, de modo que en los últimos tres años apenas se habían visto.

Pero, si no quería pasar más tiempo con ellos y con sus hijos, era su problema, pensó Lauren, resignada, mientras se apartaba de la ventana para seguir ordenando la habitación que habían elegido para el bebé.

Estaba moviendo una caja cuando algo en su interior llamó su atención... y al descubrir lo que era se quedó sin aliento.

Un segundo después corría escaleras abajo y salía al jardín tan rápido como le permitía su avanzado estado de gestación.

–¡Feliz cumpleaños, mamá! –exclamó Daniele.

–¡Feliz cumpleaños, mami! –gritó Francesca.

Lauren se detuvo para dejar que el niño le pusiera un collar de margaritas en el cuello.

–¡Muchas gracias a los dos, es precioso! –exclamó, abrazándolos con fuerza–. El regalo más bonito que me han hecho nunca.

Un segundo después, los niños salieron corriendo para seguir jugando con los perritos.

Eran tan felices como podía serlo una familia normal, probablemente más. Y pensó entonces, como hacía muchas veces, que, aunque había dejado su trabajo para convertirse en madre, todo había merecido la pena porque no podía imaginarse siendo más feliz que en ese momento. Con sus preciosos hijos y con el hombre al que amaba a su lado.

—Estás muy colorada. ¿Qué te pasa? —le preguntó Emiliano, con gesto preocupado.

—Estoy bien —le aseguró ella, con el corazón acelerado por aquel hombre que le demostraba tanto amor. A ella y a sus hijos, a todos en igual medida.

Solo desearía que Emiliano hubiera podido disfrutar de esa misma felicidad durante su infancia.

—De verdad estoy bien —repitió, en caso de que tuviera alguna duda—. Pero estaba haciendo limpieza en la habitación y he encontrado esto en una de las cajas de Angelo...

Emiliano miró el papel que llevaba en la mano con el ceño fruncido.

—¿Qué es?

—Lo encontré en la caja de las fotografías, esa que nunca tienes tiempo de revisar.

O tal vez no era capaz de hacerlo, pensó Lauren, en silencio, al ver que apretaba los labios.

—Parece que tu hermano sí te dejó algo —susurró, sabiendo por su expresión seria que estaba intentando disimular la emoción–. Al final, Vikki se hizo la prueba de ADN.

Esperando, o tal vez sabiendo con total certeza, que Daniele era hijo de Angelo y de nadie más. En secreto, Lauren seguía queriendo pensar eso de su hermana.

–Ya veo –murmuró él.

–El resultado llegó una semana después de su muerte.

–Entonces, ¿por qué Angelo no quería saber nada de su hijo? ¿Y por qué le contó eso a Claudette si ya sabía que...? –Emiliano golpeó el papel que tenía en la mano.

–Tal vez no era capaz de enfrentarse con la responsabilidad de ser padre cuando ella empezó a presionarlo para que actuase como tal –sugirió Lauren, con tono comprensivo–. Angelo era un crío, cariño. Un crío irresponsable, como lo era mi hermana. Ninguno de los dos estaba preparado para ser padre.

–Tú sabes que me habría dado igual.

–Claro que sí, cariño.

Podría haber dado pasos para demostrar de manera concluyente, o no, que Daniele era hijo de su hermano, pero había decidido no hacerlo porque no le hacía falta.

–Nunca ha tenido la menor importancia –dijo Emiliano con voz ronca, mirando al niño que era tan parte de él como lo era de Lauren. Un sobrino querido y un hijo, ambas cosas–. Somos una familia.

–Lo sé –susurró ella, echándole los brazos al cuello.

La sincera emoción de Emiliano mientras la apretaba contra su pecho, tan cerca como era posible estando embarazada de nueve meses, hizo que su felicidad fuera completa.

Bianca

El sultán siempre conseguía lo que quería

Catrin Thomas era una chica normal de un pueblo de Gales que se vio envuelta en una tórrida aventura amorosa con el sexy Murat, un sultán del desierto. Cuando descubrió que en su país natal le estaban preparando ya a unas cuantas jóvenes vírgenes para que eligiera a su futura esposa, Catrin decidió cortar su relación.

Murat no estaba acostumbrado a que nadie lo desafiara y no iba a dejar que Catrin se fuera.

Pero descubrió que Catrin no era tan dulce ni tan dócil como se había mostrado durante su relación. ¡Era una mujer formidable! Además de inteligente, luchadora y muy tentadora…

Seducida por el sultán

Sharon Kendrick

Acepte 2 de nuestras mejores novelas de amor GRATIS

¡Y reciba un regalo sorpresa!

Oferta especial de tiempo limitado

Rellene el cupón y envíelo a

Harlequin Reader Service®

3010 Walden Ave.

P.O. Box 1867

Buffalo, N.Y. 14240-1867

¡Sí! Por favor, envíenme 2 novelas de amor de Harlequin (1 Bianca® y 1 Deseo®) gratis, más el regalo sorpresa. Luego remítanme 4 novelas nuevas todos los meses, las cuales recibiré mucho antes de que aparezcan en librerías, y factúrenme al bajo precio de $3,24 cada una, más $0,25 por envío e impuesto de ventas, si corresponde*. Este es el precio total, y es un ahorro de casi el 20% sobre el precio de portada! !Una oferta excelente! Entiendo que el hecho de aceptar estos libros y el regalo no me obliga en forma alguna a la compra de libros adicionales. Y también que puedo devolver cualquier envío y cancelar en cualquier momento. Aún si decido no comprar ningún otro libro de Harlequin, los 2 libros gratis y el regalo sorpresa son míos para siempre.

416 LBN DU7N

Nombre y apellido	(Por favor, letra de molde)
Dirección	Apartamento No.
Ciudad	Estado	Zona postal

Esta oferta se limita a un pedido por hogar y no está disponible para los subscriptores actuales de Deseo® y Bianca®.

*Los términos y precios quedan sujetos a cambios sin aviso previo.

Impuestos de ventas aplican en N.Y.

SPN-03

©2003 Harlequin Enterprises Limited

Deseo

UN BROTE DE ESPERANZA

KATE HARDY

Alex Richardson era el típico mujeriego al que solo le interesaban las relaciones pasajeras con mujeres despampanantes, por eso su amiga Isobel se quedó de piedra cuando le propuso matrimonio. ¿Qué podía ver en ella, bajita y aburrida, un hombre que no creía en el amor pero a quien Isobel amaba en secreto?

Alex necesitaba una esposa para conseguir un trabajo, e Isobel era la candidata ideal. Ella albergaba serias dudas sobre su disparatado plan, hasta que Alex le dio a probar una muestra de lo que podría ser su noche de bodas.

¿Podría resistirse a la propuesta?

¡YA EN TU PUNTO DE VENTA!

Sakis Pantelides, magnate del petróleo, siempre conseguía lo que quería. Al fin y al cabo, era atractivo, poderoso y muy rico. Sin embargo, no podía tener a Brianna Moneypenny, su secretaria, porque era la única mujer en la que podía confiar.

Cuando una crisis internacional hizo que trabajaran juntos las veinticuatro horas, la intrigante y recatada Brianna resultó tener una voracidad sensual que solo podía compararse con la de él mismo y se dio cuenta de lo que había estado negándose demasiado tiempo. Sin embargo, ¿pagaría el precio por tomar lo que quería cuando se desvelara el secreto de su secretaria perfecta?

El dulce sabor de lo prohibido

Maya Blake